是梦中的天堂　也是最后的庇护地
是香气馥郁的时光　也是回头间的荒烟蔓草
一念不断　就模糊了生死的界线

生还之日

THE DAYS OF SURVIVAL

E伯爵◎著

北京燕山出版社
BEIJING YANSHAN PRESS

图书在版编目（CIP）数据

生还之日 / E 伯爵著 . — 北京 : 北京燕山出版社 , 2023.3

ISBN 978-7-5402-6806-0

Ⅰ . ①生… Ⅱ . ① E… Ⅲ . ①中篇小说—中国—当代 ②短篇小说—中国—当代 Ⅳ . ① I247.7

中国国家版本馆 CIP 数据核字（2023）第 003503 号

生还之日

作　　者：E 伯爵
责任编辑：王月佳
出版发行：北京燕山出版社有限公司
社　　址：北京市西城区琉璃厂西街 20 号
电　　话：010-65240430（总编室）
印　　刷：天津雅图印刷有限公司
开　　本：880mm × 1230mm　1/32
字　　数：170 千字
印　　张：9.5
版　　次：2023 年 3 月第 1 版
印　　次：2023 年 3 月第 1 次印刷
定　　价：45.00 元

虚假的幸福和真实的痛苦比起来，你宁愿要哪个？

第一章

镜中的人

这天早上我醒来的时候，似乎一切都跟平常一样。清晨的第一缕阳光从窗外照进来，刚好落到我的脸上。

身边的位置已经空出来了，不过还留着一股蜡梅香——那是段琴的味道。我总觉得她是用了什么香水或是香膏，但她说人的气味很奇妙，也许别人闻不到，或者觉得是别的味道。我只能理解为那是她独特的、只有我能辨别的味道。

我抱着枕头蹭了两下，在心底埋怨着星期一的到来。原本昨天我们一家三口还能在绿湖消磨一天，我们的露营会是愉快的整个周末，计划星期一上午返程。但是同事临时生病，他的急性肠胃炎把我的计划都毁了，我只好销假，从今天开始核算上一次工程的款项，并且同有些神经质的出纳王大姐一起对账。手头上繁忙而沉闷的工作让我的心情很是低落，我赖在床上一点也不想动。

门上传来把手转动的声音，我连忙又闭上眼睛，装出一副熟睡的样子。

有人轻手轻脚地走进屋子，慢慢地来到床边。我听见了一丝极力压抑的呼吸，然后某个带着热气的身体就朝我扑过来。我猛地起身，一把抓住那个吓得发出尖叫的小家伙，使劲把她抱进怀里。

“啊，爸爸，放开我！”佳玲叫着，可并不生气，还带着点惊喜，“你又在骗我，你又骗到我了！”

“爸爸可是很厉害的！幺幺，你得跟哆啦A梦借个隐身衣什么的，才有可能偷袭成功！”我狠狠地亲她的脸颊，她一边笑一边抗议。

“你的胡子扎着我了！”她挥舞着手里的孔雀尾羽，然后跳下床逃走，在关门的时候又调皮地探出脑袋，“妈妈说如果你五分钟之内不下去吃饭，她就把鲜肉馅儿的包子都吃掉，只给你留酱肉的！”

“哎呀，那不得了，我最最最最喜欢鲜肉包子了！你们千万要等等我！”我的“害怕”让她满意极了。

她没有刻意放轻步子，我听见她软底小拖鞋发出的“砰砰砰”的下楼声，嘴角忍不住往上翘。

这日子真好，我心满意足地摆脱了星期一带给我的低落情绪，再没有比现在更完美的开启新的一天的方式了——段琴正在做早饭，而我的女儿偷偷摸摸地来叫我起床，“威胁”我去享受她妈妈的手艺。

段琴的厨艺当然是我起床的最大动力，但更重要的是我喜欢看到她，无论是她在做饭的背影，还是她工作时聚精会神的侧脸。

当然了，还有我的心肝宝贝佳玲，她才七岁，充满了活力，可以从早上一直蹦跶到晚上都不用“充电”。

我做了个深呼吸，上班的怨念已经全消失了，我下床赤着脚走进卫生间，取出牙刷准备洗漱。但当我看到镜子中的景象的时候，忽然浑身打了一个冷战——

镜子里的男人中等个子，肤色苍白，身体单薄瘦弱，细长的丹凤眼和及肩的长发带着说不出的阴郁，就好像夜晚黑沉沉的雾，潮湿又冰冷。我们相互望着，目光穿过玻璃刺到体内。

这个人是我吗？我，孟之渝？

我先是皱了皱眉头，接着睁大了眼睛，镜子里的人也做出了同样的动作。我伸出手触碰着镜面，冰冷的触感提示我这一切是真实的——我应该认识镜中这个人，但是却一时说不出他的名字。这种感觉，就好像看着一个熟悉的陌生人。

我是这个模样吗？我不是应该和佳玲一样有相似的双眼皮

吗？我惶恐起来，忍不住闭上眼睛使劲按摩额角，可还是无法回忆起自己“真正”的五官。眼睛是大还是小？鼻子是挺的还是塌的？嘴唇是厚还是薄？头盖骨下一阵剧烈的抽搐让我无法找到关于自身相貌的任何细节，我开始怀疑自己是不是病了。

“大鱼，大鱼，你起来了吗？”

只有一个人会那么叫我，用我名字最后一个字的同音字当外号。

我惊慌地抬起头，看到段琴站在门口，她穿着粉红格子的围裙，头发盘在脑后用抓夹固定，自然而然地露出漂亮的瓜子脸，眼睛里带着惊讶的神情，望着我问道：“你怎么了，大鱼，怎么脸发白？”

我几乎是下意识地用手遮住脸，想掩盖那张陌生的容颜，显得狼狈而慌乱。

“大鱼，你在干什么？”我的动作让她更加吃惊，她抓住我的手，“你的手心在出汗，又冷又湿的。你不舒服？生病了吗？”

“我——我不知道。”我不敢看她的眼睛，“阿琴，我的脸……”

她用暖和的手捧起我的头，微微皱着眉头：“你的脸上什么也没有，大鱼，你怎么了？”

“我——脑袋有点昏。”我搜肠刮肚地寻找合适的词，掩盖自己的反常，“我的意思是——你——能认出我吗？”

她露出惊讶的神情，随即扑哧一声笑了：“你怎么了呀，大鱼。我们结婚八年了，难道我会认不出自己的老公？”

“阿琴，这不是我的脸，我不是这个样子！”

“那你说说自己是什么样子？”

她的语气告诉我，她一定觉得我是在开玩笑。我顿时说不出任何话，额头上又冒出了冷汗。

“哎呀，我知道了，抱歉。”她大概终于发现了我的反常，露出恍然大悟的表情，温柔地伸出双手，缓缓帮我按摩起了太阳穴，“你做噩梦了，对吗？是我的错，我不该提议去绿湖露营，那天晚上气温是低了点，不该让你下水游泳来着。自从回来后你一直不舒服，昨天晚上你发烧了，吃了药睡了很久。你一定是给烧糊涂了！”

她忍不住笑起来，好像有些幸灾乐祸。不过这轻松的笑容却安慰了我，我没说话，跟着她走出卫生间，在床上坐下来。

“怎么了，你还不相信？”她就像看任性的孩子一样看着我，然后从床头拿起一个相框，“喏，好好瞧瞧。”

相框里是我们一家人的合照，段琴穿着连衣裙，烫过大波浪的头发披散着，佳玲在她身边吃奥利奥饼干，而最右边是拿着野花的“我”，一张和镜中无二的脸，浅浅露出笑容。我们背后是风景如画的绿湖，从浅到深的水色荡漾着层次不同的绿，浸染到岸上的灌木和树，甚至连那一小片蓝色的天空都隐隐被照映出了薄薄的绿——真美，美得让人屏住呼吸。

“相信了吧？”段琴嘟着嘴——这是属于她孩子气的一面，从我们恋爱到她成为母亲，这个动作只在我和佳玲面前才会冒出来，说明她在我们面前无所保留。

看着她亲密的小动作，我一直忐忑不安的心渐渐平静。我把相框放回床头，向她说道：“我大概是睡太久了，阿琴，我的头很痛。”

“我没有想到你会这么严重，要不然你今天还是请假吧？”段琴摸了摸我的额头，温度是有一点高。

“还是算了，我本身就是帮忙处理病假同事的工作，我也请假的话工作就真的耽误了。你放心，我已经好多了。”

“你应该再吃点药，最好去路大夫那里看看。打一针退烧针好得快些。”

“我都很久没去过他那里了。”意思是我并不想去。

“只是打个针而已，幺幺都比你勇敢。”她笑着说，“快换衣服吧，然后下去吃早饭。今天我送她上学去，你慢慢来。”以往都是我上班之前将佳玲送到学校，但是见我身体不适，段琴承担了这项工作。

见我点头后，她才放心地离开了。我回头看看相框里的自己，按着突突直跳的额角再次走进卫生间。

我们住的地方是两江市附近的绿湖镇，算是一个卫星城，离主城区有两个多小时的车程。大概是因为地理位置的原因，所以每年夏天，当主城的气温已经蹿上三十七八度的时候，绿湖镇还维持在一个怡人的温度。

这里作为理想的避暑之地，原本应该受到两江市民的青睐，但早些年因为交通不太方便，并没有很多人来，因此当地的旅游业一直没有长足的发展。不过这几年通了高速路以后，房地产就发展起来了，还有不少当地人开始做民宿。

我从小就生长在这里，是从镇上高中考出去的。在那个年代，镇上出个大学生还挺不得了的，哪怕只是考上个二本院校。我毕业后一直从事财务工作，后来跳槽到现在的房地产公司。

我父母几年前卖了绿湖镇的老房子，搬到主城来跟我一起住，一直到我娶了老婆，还在开玩笑说等着带孙子。然而命运就是如此残酷，他们因为一场车祸，并没有亲眼看到佳玲的降生。

后来公司在绿湖镇开发了楼盘，同时针对绿湖镇有一个长期计划，我不想再留在喧嚣的主城区，又跟着项目回到了绿湖，以内部价买了项目一期的房子。一套上证小两百平方米的两层别墅还送个地下室和一个露天车位，总价却只有主城的一半不到，再加上员工购房的优惠，我和段琴的收入足够还房贷了。兜兜转转十多年，我又带着老婆孩子回到了自己出发的地方。

只是现在我没有了老房子，也没有了父母，绿湖镇对我而言，反而如同一个新的起点。

段琴是一个自由插画家，对工作地点没什么要求，对于离开主城非常欢迎，当然佳玲更开心了，毕竟森林和湖水对小朋友来说，就是一个全新的奇趣王国。她刚从幼儿园毕业，正好进入镇上的小学一年级读书，也减少了跟小伙伴离别的伤感。

我们在这里生活得很平静，偶尔碰到假期，我就会带着全家去短途旅游。

为此我们还特地买了一辆 SUV，我还把很多动画片装进内存，这样就可以让佳玲度过枯燥的路上时光。不过我们最常去的地方还是镇东边的绿湖，那里刚刚开始进行旅游开发，其实开车进去的人并不多，所以这个小小的湖泊实际上在很长一段时间内都是镇上居民们独享的后花园。

当然以后就不一定了，随着度假楼盘的增多，来玩的外地人肯定也会越来越多，没有人会忽视绿湖的，那里会成为一个非常热门的景点。

或许是前两天的水温太低，我在绿湖游完泳以后就发烧了，应该也是因此今天才会一起床就昏头昏脑的。我从柜子里找了两颗感冒药吃下去，决定如果今天还是不舒服，就听段琴的话，晚上回来的时候到路大夫的诊所去瞧瞧。

尽管我对那个地方还怀有惧意——那位诊所主人曾经在我十岁的时候给我打针，他拍拍我的屁股说“放松”，我反而一紧张，针头就断在了肉里。

我刚下楼就看到喝完了牛奶的佳玲在段琴的帮助下背好书包，原本她还想给我一个带着奶味的吻，但是我怕把病气传给她而拒绝了，于是她将两个吻都给妈妈——左右脸颊，一边一个。

“再见，爸爸，晚上见。”

“晚上见，幺幺。”

我笑着看她们娘俩出了门，心满意足地吃完了五个鲜肉小笼包，再喝一碗现打的豆浆，进食让我的头痛有所缓解。

吃完早餐，换好衣服。我想我确实是烧得短暂失忆了——衬衫很合身，皮鞋也是，这已经足以说明我的体形就是这个样子。至于长相，或许多看两眼，熟悉的感觉就回来了。

我对着客厅里的水族箱和衣领战斗了一会儿，颜色鲜艳的热带鱼在里面游来游去，它们摇动着色彩艳丽的身体像扭动的舞女，带着几分诱惑。我的手指慢了下来，凑近玻璃看着它们。

我心底再次涌上了一股莫名其妙的陌生感，这感觉跟我早上在镜子中看到自己的脸是一样的，非常古怪。我一点儿也想不起自己什么时候在家放置了这样将近八十厘米长、四十厘米宽、五十厘米高的水族箱，更想不起来里面的鱼是什么时候放进去的。

加氧装置在水族箱的一角突突地冒着气泡，水草被水波推动着缓慢地摇曳。我好奇地数了数那些鱼，大部分是橙白相间的小丑鱼，足足有十条，此外还有一只很奇怪的家伙，长长的体形很像鲤鱼，但是灰色的鳞片和宽得过分的嘴却让我无法判断它到底是什么品种。它的眼睛像是木炭一样黑，但是瞳孔中有些红色的光芒。

段琴推开家门，见我像个傻瓜似的盯着水族箱，她笑着说："大鱼，你该不会忘了穿衣镜在卧室吧？"

"哦……确实忘了。"我直起身子，问道，"我好像连这些小东西什么时候来的都忘了。"

"你病得可不轻。"段琴边为我整理好衣领边说，"去年佳玲看了《海底总动员》后闹了一个星期，你才给她买了这个水族箱。现在喂食的工作归她，打扫的工作归你。"

"哈，怪不得它们都这么肥。不过里面那条灰色的家伙又是怎么来的？尼莫的表兄？"

"住在绿湖的表兄。"段琴告诉我，"它是你昨天钓鱼的时候抓来的俘虏，因为长得太奇怪，所以我们决定带回来养一段时间。”

“它一点也不讨人喜欢。”

“可是它的加入让懒惰的小丑鱼都变得爱动了。”

我注意到了，每当那条灰鱼游到它的“同居者”中间，就会引起一阵惊慌，小丑鱼们会很快散开，躲到别的地方去——可怜的新人显然不受欢迎。

“好了，大鱼，别傻乎乎地盯着你的小伙伴了，你该出门了。”段琴将车钥匙交到我手中，并且替我把皮包拿过来。我庆幸自己还知道怎么开车。

段琴把我送到门口，握住我的手：“开车当心。”

“晚上见。”她的眼睛太漂亮了，我对她说，“你知道我现在一点儿都不想去上班的……”

看着我的神情段琴“咯咯”地笑起来：“干吗呀，大鱼，每个星期一你都像幺幺那么任性。”

“你说人干吗要上班呢？”

段琴的笑容淡了些，似乎认真地想了想：“嗯，如果说是为了钱倒也不太准确，如果说成就感的话，也不是不能从别的地方获得，你要非找个理由，那可能真就是社会规范的训诫吧。大鱼，你要真不想去，要不今天就不去了。”

我哑然失笑：“别，我就撒个娇，你可别真惯着我。”

“还撒娇呢，多大个人了！”段琴扯扯我的耳朵，“向后转，去开车。”

“好，老婆大人……我什么都听你的……”

段琴朝我倾了倾身子，蜡梅香擦过我的皮肤，她拍拍我的脸，叮嘱道：“晚上早点回来，即使你再装失忆，也不能躲过胡倩家的烧烤聚会。”

“烧烤聚会？”我愣住了，“什么时候的事儿？”

胡倩又是谁？

段琴露出无奈的表情：“别这样，大鱼，你知道虽然她很爱多管闲事，但心地不坏，况且我们做了快一年的邻居了……”

我闭上嘴没说话，心里却一阵迷惘——大概段琴也不相信，我是真的对此没有一点印象了。

“假装失忆可不能解决所有的问题，大鱼，我总不能对胡倩说你烧坏了脑子所以无法出席吧。”段琴最后跟我开了个玩笑，把我推出家门。我迷迷糊糊地走到车位，坐进车，离开家。从后视镜里我看到她站在门口向我挥手……

段琴的最后一句话令我苦笑——原来她根本就不相信我真的失忆了，一直以为我是为了逃避才装的，为此还配合地逗了我一个早上，真不知道她是觉得逗我是情趣，还是为了可怜我“无效的耍宝”。

车上的电子钟尽职地报时，现在是早上八点半，路上几乎没有别的车。

不知从什么时候开始，空气中飘荡起一层浓雾，是难看的灰白色，它们如同幽灵一样萦绕着道旁树和路边低矮的建筑。我开着车灯，速度不到每小时四十公里，简直和乌龟爬没什么两样。

我努力回忆着自己能想起来的事情，比如我的工作地点就在绿湖镇的另一头，中心城区外围；比如车上正在点着头的狗熊造型车载香薰，浅浅飘散着清甜的橘子味，是佳玲指定的味道；还有刚刚被我顺手放在副驾驶位上的文件和报表，是我需要跟出纳大姐核对的……这些我并没有觉得陌生。为什么我单单会忘记自己的长相和我的邻居呢？哦，对了，还有那些鱼……

我又抬头看了看后视镜，里面那个面容陌生的男人冲我投来一个烦恼又莫名其妙的眼神。

雾气似乎越来越浓了，我甚至看不清周围的车辆，连绿色的道旁树和建筑也失去了踪影。我不得不把车速再次放慢，小心翼翼地看着前方。办公地点就设在项目二期附近，和我家本来只有不到半个小时的车程，可是这糟糕的天气会让时间起码翻一倍。

我能感觉从家里带出来的热量在一点点丧失，即使穿着外套也无法抵挡侵入的寒气。这算是夏末，可倒也没冷得让人打冷战吧。只能说生病让我的免疫力也下降了，我真的需要一杯热茶。

迟到已经是板上钉钉的事情，这无疑让我那好不容易压制下去的对工作的抵触情绪，再次翻涌在脑海之中。于是我认真地思考了一下该不该直接跟主管请假，然后去路大夫的诊所做个检查……

大约在我冒出这个念头的五秒钟后，意外毫无预兆地发生了。

雾气弥漫的公路上突然出现一个黑色的影子，因为雾太大，等我看到的时候黑影已经离车头非常近了，我立刻条件反射地踩下刹车。只看到它迎着我的挡风玻璃撞了上来，我忍不住闭上眼睛，只听前面传来“砰”的一声响。

我被吓出了一身冷汗，跟木偶似的僵在了座位上，此时挡风玻璃外面除了飘来荡去的白雾什么都没有，可那尤回荡在耳边的声响，让我清楚地知道自己确实撞上了什么东西。

我只发了两秒钟的愣，就慌慌张张地抓起手机下了车，准备拨 120。真倒霉！今天真是倒霉透顶了！我又急又怕，喉咙发干！虽然车速很慢，但毕竟是还在行驶中的车辆，我已经做好了看到鲜血的心理准备。

可当我来到车轮前的时候却呆住了——车头前是一片空白：地面上什么东西也没有！没有受伤的人，没有猫或者狗，连颗石子儿都没有。

见鬼了！

我明明听到保险杠撞着东西，也看得非常清楚了，怎么会下车就不见了？如果是流浪猫狗，也不至于叫都不叫就逃得无影无踪了吧？我回忆着闭上眼睛的前一秒，那黑影的个头并不小，也不大像猫狗，难道是山上的野猪？可是它站立的姿势却很像是人……

我抬起头环顾四周，裹尸布一样的雾气轻飘飘地浮在周围。虽然没有风，但我觉得比刚刚更冷了，甚至忍不住发抖。公路上没有一辆车，也没有一个人，我孤零零地站在潮湿、冰凉的雾中，无法描述的恐惧从四面八方涌来，压得我无法呼吸。

我转身逃回车上，“砰”的一声关了门，然后又抓起电话拨给主管——我当下的状态绝对无法应对工作，我决定请假做个检查，然后好好休息一下。但是电话中传来嘟嘟的忙音，好一阵子都没有人应答。

我焦躁地骂了句脏话，干脆也不再等待，直接掉转车头往回开，顺便又拨了另外一个号码，这次很快就传来了一个苍老浑厚的声音。

“这里是路忠文诊所。”

“您好，是路医生吗？我是孟之渝，不知道你还记不记得我。我今天有点不对劲，等下能给我做个检查吗？”

路大夫在电话里呵呵地笑起来，说道：“小孟啊，我当然记得你，检查没问题，从你五岁开始，每次来我都给你优先。”

“谢谢。”我实在没心情跟他聊天，匆匆挂了电话。

回程的路上，我又给主管打了几个电话，还是无法接通。我把手机扔到一边，心里明白他肯定又跟女秘书打情骂俏去了。

绿湖镇的新区跟老居民区就隔了两条街，但新区的土地都是最近两年开发的，房地产开发商热衷于修小高层和花园洋房，各家各户之间的楼间距很大，绿化也规划得更好，整个新区的生态明显优于老居民区。

由于自然风景优越，这几年不断有主城的中产在这边买度假房，也有不少镇上老居民区的住户卖掉老房再添点儿存款置换了这里的房子。我刚到这里的时候，新区有六千多居民，而现在已经快超过一万人了。老区那边有两万多人，加上一些流动人口，整个镇上大概有四万多人。

路大夫是绿湖镇的老居民，按照他的说法，绿湖镇原本是个世外桃源，开发商没有大批拥进来之前，这里大部分人的生活可以自给自足。现在商业发展，配套设施完善了许多，更加热闹了，但也没有以前那么安静了。“早晚会出点乱子的”——

他这么说过。

当然了，路大夫的说法也是老年人常有的论调，人上一百，形形色色，发生点儿不常见的事情倒也不奇怪。比如我现在的情况……

或许是知道段琴不相信我的“选择性失忆”，我没有告诉她自己来看医生了。我不打算去公立医院，首先是挂号麻烦，还得等叫号。其次虽然路大夫年纪大了，但医术很好。更重要的是，即使再怎么奇怪的病，他的微笑也会让患者觉得“这就是个小感冒而已”。

我把车停在了诊所门口，不知道是不是天气的关系，这个点儿了很多商铺都还没有开门。路上的车辆和行人都很少，隐隐约约地在雾中飘来荡去，如同一个个幽灵。

路大夫的诊所是一幢三层建筑，大门旁边的招牌上写着“路忠文诊所”。我走进去后，接待的护士马阿姨就向我亲切地打招呼，然后说路医生在诊室里等我。

“路大夫还是每天都来坐诊啊，”我赞叹道，“怕是坚持了三十年了吧？”

“三十五年了！”马阿姨一边准备着常用药，一边对我说，“去吧，现在人少，要打针的话也不怕别人听见你叫唤。”她冲我意味深长地挤了挤眼睛。

推开雕花的老式磨砂玻璃门，我看见那个头发半秃的高个子胖老头正弯着腰擦他的眼镜，我向他说“早上好”，他则咧开大嘴朝我笑起来。

“你又生病了，小孟？”

为什么他要加上一个“又”？不过想想，倒也符合逻辑，不生病我干吗来啊。

我把今天早上发生的事情大致都告诉了他，包括公路上遇到的意外。路大夫满是皱纹的脸上始终带着微笑，然后他检查了我的体温、血压，测了我的脉搏。

“37.8℃，低烧。血压很正常，你应该只是有点着凉了。”老头儿又用电筒照了照我的眼睛，“用不着打针，也不需要输液，吃点儿药就好了。另外你需要休息，瞧瞧眼睛里那些红血丝。”

“发烧会导致失忆吗？”

“除非你持续高烧到40℃以上，脑浆像开水一样翻滚，而且连续几十个小时没降温。”医生呵呵一笑，“哦，还有别的可能，比如你受到很严重的刺激，或发生了创伤性的生活事件，类似虐待这样的。你老婆揍你了吗？”

段琴能冲我说句重话都是太阳从西边冒出来了。

我告诉路大夫，我对我的生活很满意，工作虽然有点压力，可总体上我还算过得开心。要非说遭遇到了什么虐待，大概是佳玲在练习小竖笛时会让我想挠墙吧。

“蛮好的嘛，”路大夫一边找出处方签，一边说，“忘记自己的身份一般是解离性失忆症，这类病人对一般信息很清楚，丧失的是个人人格。可你只是想不起自己长什么模样，以及陌生的邻居，别的好像都没问题。”

“还有鱼……”我强调着。

路大夫给我开了处方：“你的失忆和幻觉都是疲劳和低烧等综合原因导致的短暂现象，小孟。你可以吃点退烧药，然后好好休息，如果症状没有消失，再看看心理医生或者去医院做个 CT。脑子里的事儿，仔细点总没错。”

“哦，好的。谢谢……”我接过处方看了看，是常见的退烧药。

老头儿笑眯眯地看着我：“一点儿也不苦，小孟。”

“我不怕，我已经 37 岁了。”知道自己没什么大碍，我笑着对路大夫道别。在取药口接过马阿姨递来的药。我提着装药的塑料袋，袋子里两个小盒子的重量好像一个砝码，拉着我的心稳稳地放下来。

现在才早上九点多，如果我回家的话，段琴肯定会担心的，她一定不相信刚去上班的我转头就休假，而我也不想对她撒谎。我考虑了一会儿，决定到镇上熟悉的地方走走，这可能会对我有帮助。

第二章 死在过去

我自小在镇子上长大，上大学离开家以前，熟悉绿湖镇就像熟悉自己的身体，甚至知道街角的流浪猫都住在哪儿。搬回来以后镇子上的布局跟以前有挺大的变化，但我还是很快就转熟了。这也挺神奇的，就像是我高中倒背如流的公式，工作以后就忘了，可稍微一复习，它们又立刻能套用起来。

跟我想的一样，我从诊所沿着主马路经过超市，然后拐过镇高中和图书馆以后，就看到了镇上派出所。一切都很正常，除了白雾中的行人让我看不清楚脸以外，我找不到任何记忆中的空白。

我把车停在佳玲就读的小学旁边，穿过马路去了对面的公园，然后点燃了一支香烟在喷水池旁边坐下来。

雾气似乎在逐渐淡去，可还是带着讨厌的潮湿感，周围的人像裹着白纱一样，此时我看得最清楚的就是水面上自己的脸——我还是无法产生熟悉的感觉！

我在心底勇敢地承认，我确实对自己的长相不大满意，甚至开始觉得厌烦！我不应该像一个小白脸儿似的，单眼皮也让眼睛显得太细长，可我又“应该”是什么模样呢？

这个时候雾中传来了一阵欢快的狗叫，接着一个毛茸茸的大家伙冲出来扑到我身上，差点把我撞到水池子里。

“饭饭，小心，小心！”我一边举高了烟一边躲避着这只金毛猎犬热情的舌头。大狗飞快地摇尾巴，一副急切讨好我的模样，它脖子上戴着的项圈下吊着一个金属材质的骨头坠子，此刻正随着动作拼命乱晃。

它的主人慢慢走了过来，并且徒劳地拽着长长的绳索，试图阻止它的动作：“好了，饭饭，你不觉得自己太沉了吗？”

“没有关系，范老师。它只是太久没看见我而已。”我连忙熄灭烟头。

一个身材矮小，头发花白的老妇人笑眯眯地来到我身边：“小孟啊，饭饭这么激动，怕是有一个多月没见你了吧。”

“我也记不清了，好像是有一个月没见了。”

老妇人拍拍大狗的头，让它坐下来，然后皱着眉打量我。她的表情很古怪，如同看一个陌生人，这让我冒出一些期待。

范静是我的高中老师，她是个细心且谨慎的人，能发现我每一处不对劲的地方，从二十年前开始就这样。如果她说现在的我不是她熟悉的那个人，即使这听起来更加可怕，但是我却觉得自己或许会因此而安心一点儿。

几秒钟后她叹了口气，说道："小孟，你的脸色真憔悴，是不是生病了？"

我心底那莫名其妙的希冀立刻被一阵风吹散了，好像当年满心期待自己从她手上接过的试卷是满分，而结果却只有96分。

我勉强挤出一丝微笑，无奈地说："我发烧了，范老师，最近没有睡好。"

她在我身边坐下，拍拍我的手："唉，保重身体呀。你们年轻人都忙工作，我知道现在压力大嘛，不过还是要注意健康问题啊。身体才是革命的本钱！哎，对了，你咋在这里啊，都生病了还不回去休息？"

"我送佳玲来上学，顺便走走。这么大的雾您还要散步吗？"我不愿让老人担心，于是谎称道。

"饭饭闹着要出来，它可不管天气，每天我都得遛遛，我看只有下刀子才能阻止它。"范老师摸着大狗的脑袋，又问道，"段琴和佳玲好吗？我也很久没有见过她们了。"

"她们都很好，就是佳玲升上了小学，学习也开始要抓紧了。”

“今天晚上我会给佳玲带我做的小煎包过来，她一定喜欢，这样的聚会上孩子贪嘴，可还是得吃点儿主食。”

我的手颤抖了一下，原本用手指夹着的烟头落在了地上。

她诧异地看着我：“怎么了，小孟？你的表情就和以前忘记带课本一样。”

“嗯，我只是在想……该带什么礼物过去。”

范老师好像猜到了我的心中所想，她笑了笑说：“我想段琴肯定提醒过你了，对吗？虽然今天是个周一，但是毕竟是罗超杰的生日，也是他和胡倩回到绿湖镇一周年，大家好久没聚一聚了，所以即使是工作日也还是专门约上我和你们几个同学搞个同学会，就在他家弄自助烧烤。罗超杰也是不容易，在主城受了那么重的伤，只能复员了，幸好上头给了他个二等功，如今也找到了份不错的工作。听说他还准备考在职研究生，真是个意志坚定的好孩子。”

我含含糊糊地点了点头，段琴就是希望我礼貌地参加聚会，可我确实记不起胡倩是谁。当然了，我认识罗超杰，他是我的高中同学，一个爱打架和追女孩子的家伙，我没有想到他能把过剩的精力用到合适的地方。但我实在记不起他到底是什么时候结婚，什么时候受伤、立功，更不知道他何时通知我今天有聚会。

后来范老师又和心不在焉的我聊了几句，站起来告别，饭饭依依不舍地看着我，我扯着它的项圈，用手在它头上使劲撸了两把，回到了车上。

我决定无论怎样还是先给罗超杰选个礼物比较好，既然是到他家去开同学会，肯定也不好空着手去。

加上在路上的时间，大约两个小时后，我在老马的店里选了一瓶法国香槟，他告诉我最好试试微甜口味，女士们也可以接受。老马五十多岁，一辈子爱酒，他卖酒的目的有一大半都是为了给别人推荐他喝过的好酒，可惜绿湖镇上跟有他相同爱好的人不多，于是他特别爱跟客人唠叨。

在我犹豫要不要再加一瓶白酒的时候，老马已经将那瓶香槟包装好，我对白酒没啥研究，也不想再听老马给我念酒经，只选了瓶常见的五粮液。当我走出商店时，雾气已经散去了大半，但是天空中并没有出现让人温暖的太阳，灰色云朵飘浮在小镇上空，好像积蓄着不祥的雨水。

我快步钻进车里，看见人行道上走过一个身材高挑的女人，她婀娜的身影让我忍不住注视了良久，当她朝我这边走来的时候，漂亮的黑色鬈发和性感的面孔绚丽夺目。我没在绿湖镇见过她，更何况这样一个大美人肯定会引来很多议论和关注，我可是一点儿也没听到。

我看着她走过我的车，然后掏出手机打了个电话，不一会儿旁边的商店里便走出一个男人，他们亲热地挽着手离开了。

如果我没看错，提着购物袋出来的人应该是我的老同学罗超杰。他瘦了，而且也黑了，不过笑容倒和从前一样大大咧咧的，看起来比我还年轻。难道这个女人就是他的妻子吗？听段琴的口气，她和罗超杰结婚很久了，我应该认识她才对！

我按着隐隐发痛的头，完全搞不懂怎么回事，前面的两个背影异常和谐，可还是透着一种说不出来的诡异——就像玩找茬游戏，猛地一看很正常，仔细分辨却能数出一个个漏洞。

罗超杰的背挺得直直的，但是左腿走路不方便，那畸形的步态让我脑子里突然记起来了一件事：我的这位高中同学确实获得了勋章，那是绿湖镇上从来没有过的荣誉，非常轰动。他在一栋着火的公寓楼里勇敢地救了两名被困的群众。所有的亲人和朋友都以他为荣，他的头像占据了本地新闻的头版，网上的报道也很多。可我看了电视专题节目，领过奖章的是他年迈的父亲，并非他本人；而且，那是一枚一等功勋章，虽然他立功的地点是在两江，时间却不是去年——罗超杰，他在2005年的时候就死了，他已经死了十年了！

我趴在方向盘上，冷汗顺着额角流下来，浸湿了我的手背。过了好一会儿，我摸了摸衣服口袋里的药盒，发动汽车往家里开去。

我浑浑噩噩地掏出钥匙开了门，段琴盘着头发、拿着一支铅笔从书房里出来，看见我像踩着棉花似的上楼，非常意外地叫住我。

“大鱼，怎么了，你怎么这么早就回来了？”

“哦，公司里没什么要做的……我的工作完成了。”

“你脸上全是汗水，怎么了？”她认真地捧着我的脸，“你的体温好高……”

“是的，我可能……可能又开始发烧了。”

“你得看医生，不管是注射还是点滴，这次我可不会让你再赖过去了。”她抓着我的手，严厉地说。

我掏出装药的纸口袋晃了晃：“我去过路大夫那里了，他说我吃了药睡一觉就好。好了阿琴，别担心！”

她摸了摸我的脸：“那好，我马上去给你倒杯水。”

“谢谢。”我虚弱地对她一笑，上楼去了卧室。

我吞了药片，在段琴的安慰下闭上了眼睛，我能感觉到她柔软的手抚摸着我的头发，然后拉上窗帘，关门离开了。

室内的光线暗下来，我鼻子里闻着家里浮动着的熟悉的香味，稍微安定一些，但脑袋里的疼痛还是像魔鬼一样阴魂不散。我试图抛开混乱的思维，强迫自己入睡，期待大脑像计算机一样，在出现问题以后先关闭再重新启动，就能恢复到正常的状态。

或许是自我暗示在慢慢地起作用，我迷迷糊糊地沉入了梦乡。不过我始终无法放松，总觉得有什么东西在注视着我。卧室里什么声音都没有，只有我的呼吸声。我的身体很沉重，而眼睛却无法睁开，灵魂和躯壳好像相互排斥着，不愿意合作……

这个时候，我听见了一阵细微的声音，好像老鼠跑过朽烂的天花板。我费劲地睁开眼睛，努力寻找声音的来源。退烧药已经开始发挥效力了，我的脑子里像是塞满了棉花，涨得发疼。

恐惧随着微小而不间断的声音逐渐占领了我的心，我忍不住发抖，不断地大叫，随手抓住了什么东西开始挥舞。

“……大鱼！大鱼！快醒醒！”

有人在拍打我的脸，一声又一声叫我的名字！

我睁开眼睛，看到段琴熟悉的面孔，她一脸焦急和担忧，眼眶红红的。看到我苏醒之后，她抱着我，抚摸我的额头。

“怎么了，大鱼，发生什么事了？你突然叫起来，吓死我了！”

我惊魂未定地四处打量，卧室里一切如常，什么也没有。我全身都是冷汗，喘着粗气，好半天才明白自己安全无恙。

“你还好吧？”段琴为我擦掉冷汗，看着我的眼睛。

我平静下来，拍了拍她的手：“我很好……别担心……我只是……只是做了个噩梦！有点吓人，你知道那种梦……”

“咳，你真是……这么大个人还给吓着了。”她温柔地笑起来，“那只是个梦，别去想了。”

我苦笑着点了点头。

段琴让我坐起来，又把枕头垫高：“你睡了一觉感觉怎么样？”

“好些了，醒来就看到你，感觉更好。”

段琴轻轻拍了我一下，但脸上的笑容告诉我，她喜欢我这么说。段琴轻声说：“聚会时间快到了，你能行吗？要不然你还是在床上好好休息一下吧。”

因为药物的作用，我现在的体温已经恢复到正常温度，但是想起白天在车里看到的挽着手的两人，脑袋又开始疼。尽管身体在不住地叫嚣，但是理智告诉我，我必须去聚会上看看。

“没关系，我好多了。况且今天是罗超杰的生日，我既是老同学又是邻居的，不去实在是说不过去。”

“也是，毕竟咱们住得近。那你到时候要是不舒服了赶快跟我说，咱们大不了早点走。”

看着一脸忧心着走出房门的段琴，我做了个深呼吸，飞快地让自己冷静下来——现在，我肯定自己身上确实发生了一些问题，这问题比我原先想象得还要严重，而到底是神经系统方面的问题还是大脑方面的疾病，必须等到我去正式治疗后才能判定。

说实话，在确诊之前，我真的不愿意接触到任何让我感到烦恼、迷惑的人或事，可如果我无法参加今晚的聚会，那无疑会让段琴更加担心。因此，即使我对身体产生的变化抵触和惧怕，还是得打起精神，让我的妻子安心。

我拿起放在床头柜上的相框，相片中的那个陌生男人在树林中拥抱着我的段琴和佳玲，依旧笑得既开朗又幸福。

把相框朝下扣在床头柜上的时候，我对自己的厌恶达到了顶峰。

洗了把脸，找出休闲衫和毛衣，我慢腾腾地换上，下楼以后看到佳玲正趴在沙发上看她的《汪汪队立大功》。

“嘿，幺幺。”

“嘿，爸爸。”她转过头，得意地晃着头。

“好漂亮的发卡。”我假装惊讶地说道，“我在别的小朋友头上也见到过，但都没有你戴着好看，肯定是因为你这个最特别。”

“那当然了！”她蹦蹦跳跳地扑进我怀里，然后响亮地亲了我一下。

我拨弄着她的小辫子，问道：“你妈妈呢？”

"她刚刚把腌好的鸡翅膀装好了，还打算炸点酥肉当零食。"

我让佳玲继续看她的动画片，然后走进厨房。段琴换上了一件咖啡色的针织外套，头发绾在脑后，露出线条优美的脖子。我悄悄走到她的背后，一下子圈住她的腰，然后吻那诱人的脖子。

"干吗呢！"段琴咯咯地笑着，把一块酥肉塞到我嘴里。

"真不错，太好吃了。咱们要是失业了，就推着小车去街边卖炸酥肉，转眼就能买新楼！"

"快算了吧，上次你还说卖小面呢！"

"一边卖小面，一边卖酥肉。"

"你就瞎想吧！"她盖上饭盒的盖子，又洗干净手，来到我身边。她仔细地看了看我的脸，摸我的额头，"温度好像正常了，大鱼，你确定能参加聚会吗？"

"没有问题。"我扯着嘴角，露出一个最合适的笑容来隐藏我心底的不安。

段琴的眉头却皱了起来，她握住我的手，说："别跟我撒谎，这没用。你今天很不对劲，从早上起来就开始了。"

"你知道的，阿琴……我发烧了。"

"是不是工作上的事？"她轻轻地扯了一下我的脸，"如果有什么困难，你千万别瞒着我，大鱼。"

“我知道。”柔软的情绪从被触碰的皮肤上一直蔓延到我心底，我冲她笑了笑，安慰道，“我现在感觉好多了，真的。我吃了药，还睡了一觉，体力和精神都重新回来了，我还是那个活蹦乱跳的孟之渝。今天出门肯定不给你丢脸！”

段琴瞪了我一眼：“还是一个爱耍宝的孟之渝。看你去参加个聚会都紧张，你就那么不喜欢胡倩吗，她怎么你了？”

我不知道该怎么回答她——难道说其实我对那个美女一点也不熟悉吗？

“也谈不上不喜欢，只是怕你吃醋，我在避嫌呢。”

段琴微微愣了一下，随即大笑起来：“哎哟，那我要多谢你这么体贴了。”

我们在厨房中笑成一团，要不是佳玲不耐烦地在外边叫我们，也许我和段琴会在厨房里消磨掉一个晚上。

罗超杰究竟什么时候买了房子和我成为邻居，我完全想不起来，不过这个小区开盘早，当时绿湖镇的各项基础设施还没有如今这样完善，所以房价比较低，他能买下来也不奇怪。

罗超杰这房子装修的品位还不错：花园周围种满了常绿植物，于是没有繁杂的花色，显得很宁静。他也不会把俗气的彩灯挂满屋檐，在草坪上有些造型简单的木雕，就跟东南亚小庭院似的。

在我的印象中，罗超杰的美术课从来不交作业，让我相信这小花园是他布置的也太难了，他很少有这样的心思，难道是他的那位“太太”吗？

我一手牵着佳玲，一手按响了罗超杰家的门铃。门内传来的笑声让我脸上的肌肉紧张地动了几下。段琴轻轻拍了拍我的手臂：“放松点，大鱼，你又不是去考注册会计师资格证。”

我挤出一丝微笑当做回应。

“啊，老孟！”我的老同学惊喜地说，“欢迎你们，我们刚把炭点起来，嘴巴空着在等着段琴的酥肉呢！”

“生日快乐，老罗。”我拉着佳玲的手收紧了些，她皱着眉头瞪我。

“很热闹啊，老罗，我猜你们这儿肉串肯定很多了，我就弄了点鸡翅和酥肉。”段琴展示了下她带来的保鲜盒，然后和走过来的罗太太打招呼，“哎呀，胡倩，你家里布置得真不错。”

他们当了我们一年的邻居了？那为什么段琴展现的仿佛第一次来他们家里做客？

“段琴，老孟，来了呀！哦，我们佳玲又变漂亮了！”身材高挑的黑头发美女很热络地把我们一家迎进了门，就连佳玲看见她也是十分的热络。

我注意看她黑色的眼睛，长着红痣的嘴角，还有喜欢向上挑的眉毛，依然无法找到任何熟悉的地方。而罗超杰，我对他的印象还停留在长着青春痘的毛头小子，今天就猛地变成了救火英雄。

胡倩挽着段琴，往烧烤架那里走去，佳玲则和几个孩子一起去玩了，范老师正在孩子堆旁边静静地看顾着他们，以防发生意外。我点头和范老师打了招呼，她也冲我挥了挥手。

我给罗超杰送上今天刚买的香槟，他很高兴，笑着说要偷偷藏起来不让其他人看见，否则就保不住，然后陪我来到男士们中间。

我突然有些畏惧，害怕其中有些人和我开玩笑的时候，我根本叫不出他们的名字。

我小心地辨认着周围的男人——矮个子的乔勇、瘦削的鲍腾达、啤酒肚大得吓人的魏庆，还有留八字胡的霍真海。这些熟悉的面孔让我安心，同时又暗暗自嘲这样下去我可能会得社交恐惧症。

"你的脸色不怎么好啊，老孟。"鲍腾达边喝着啤酒边对我说，"怎么了，前两天你不是还说在绿湖收获不小吗？"

"一条大鱼，有七斤吧，啧啧，好像是条草鱼？"霍真海摸着胡子露出羡慕的表情，"我在那地方钓到的最重的家伙也只有四斤。"

"听说你为了它还摔进了湖里。"魏庆笑着说。

“哦，大概是……没站稳……”我虚弱地对他们笑笑。

我家里只有那条丑陋的无名小鱼，我可不记得自己上周有那么好运气。

乔勇拍了拍我的肩膀，用同情的口气说道：“老孟，其实你没有必要去那儿，即使想钓鱼也有别的地方，那里对你来说确实太不合适了，毕竟有段糟糕的回忆……”

他还没有说完，鲍腾达突然大声地咳嗽起来，于是乔勇立刻咽下了后面的话。

傻子也知道有些事情他们不想在我面前提起，而聪明人则不会当面指出这一点。

霍真海把话题扯到了罗超杰的在职研究生考试和职业规划上，于是气氛又再次活跃起来。我留心听着他们和罗超杰的聊天，那些学生时代的往事和我记忆中一模一样，但是讲到他当消防员后的经历一切都变得奇怪了起来。

“……我刚好碰上这事故，本来正要申请休假来着，哈哈。不过也没啥遗憾的，毕竟救了两条人命嘛。当时我还在三楼，就那种老式的筒子楼，火势猛得很啊，天花板都烧塌了。我没办法，只有先和新兵蛋子一起把群众从窗口垂下去，然后又放新人下去，就晚了一点点，那个预制板就烧穿了，砸到了我腿上。”

这个故事是那么熟悉，只不过那时候他讲述的是他作为一个新人被前辈保护的故事，而现在这个故事里他已经是小队长了。

“……你的腿恢复得怎么样？”我忍不住插嘴问道，“我看你现在走路还是不利索。”

他叹了口气，但脸上却没有什么难过：“粉碎性骨折，打了钢钉，皮肤也没法伸缩了，所以膝盖不可能复原，本来领导想让我继续在队上做文职，但我想了想，不如回老家来工作。”

我有些恍惚——在我的记忆中，罗超杰的遗体运回绿湖镇的时候，左腿已经完全断了，只有空荡荡的裤管。难道关于他葬礼的记忆只是我的一场噩梦吗？

霍真海他们还在讨论着罗超杰的荣誉以及他死里逃生的好运气，鲍腾达感叹胡倩跟罗超杰的感情，那真是不离不弃了。“她从小学开始就要强，我可是第一次见她哭得那么凶……老罗，你找到这么个媳妇儿那可真是烧高香了。”

我诧异地问道：“怎么，罗太……呃，我是说胡倩，她也是绿湖镇的人吗？”

所有的人都笑起来，罗超杰甚至还抱住我的肩膀：“得了，老孟。你们从小学开始就同班，直到高中毕业都是同学，别担心，我不介意你和她在一起过。当初为了她打的那一架很值得！”

要不就是他们约好了一起在我面前演戏，要不就是我真的记忆错乱了。

握着冰凉的酒杯，我的脑袋里充满了嗡嗡作响的噪音，现在除了苦笑我几乎已经无法再有什么惊愕的表情了……

夜晚的风带着彻骨的凉意，我躺在床上，感觉到它们从半掩的窗户中间蹿进屋子，偷偷地往我耳朵里灌进寒冷的呼吸。

段琴挨着我，头发蹭在我的胳膊上，闭着眼睛，呼吸均匀。我以为她睡着了，但突然听见她闷闷地开口问道："你睡不着吗，大鱼？"

我意外地看着她："你醒了？"

"如果这个时候还能睡着，那我肯定没把你当回事儿，懒得管你了。"她调整了姿势，让自己躺得更舒服些，抚摸着我的胸口说，"告诉我，大鱼，你到底是怎么了？"

我握住她的手，想了想："段琴，如果有一天我们老了，我突然想不起你是谁，你会怎么办？"

"咋了，得了阿尔茨海默病？"

"如果我真得了那种病，然后忘记了很多事呢？"

"那就一件一件地跟你说。孩子长大以后，我们俩有很多时间。"

"如果……如果我连自己都忘记了呢？"

段琴沉默了一会儿，然后抱紧我："那我会把我知道的一切都告诉你，让你变回你自己，我会慢慢地、一点一滴地把我的丈夫重新找回来……”

我心中发热，吻了吻她光洁的额头，好像胸口被搬走了一块石头。我没有再多说什么，只是紧紧地抱着她，段琴很聪明，她一定明白我为什么会这么不安。

“大鱼。”

“嗯？”

“别让我担心，你得好好地对待自己……不要害怕任何东西，包括疾病……我会在你身边的。”

“当然，阿琴……我什么都听你的……”

段琴似乎放心了不少，她靠着我的肩膀，终于慢慢地陷入了沉睡。我为她把被子盖好，轻手轻脚地下了床出门。

在经过佳玲的房间时，我看了看她：小公主跟她妈妈一样喜欢侧着身体睡觉，昏暗的橘黄色夜灯在她脸上形成了一片朦胧的阴影。我没有进去打搅她，只是把门稍微关严了些，然后在橱柜里翻出一只充电手电筒便朝地下室走去。

在卧室里待着我一点也不觉得冷，而走在楼梯上我却感觉到寒毛都竖起来了。虽然没有吹到一点风，可是陡然降低的温度让我打了好几个寒战。周围安静极了，静得连时间仿佛都凝固了。我听到自己轻微的呼吸声，以及拖鞋在地板上磨出的沙沙声。

手电筒光是橘黄色的，仿佛透着一点温度，那道笔直的光柱帮助我毫不费力地走到楼梯的尽头，拧开那关闭的门。

这幢房子的地下室已经改建成了影音室和健身房，旁边是一间储物间，里面还有一个修理台，可以简单修一些日常用的小玩意儿。家里所有的杂物都堆积在此，那些老旧的家具和过时的幼儿滑板车像怪兽似的看着我，只在暗处露出黑色的轮廓。

我摸索到墙上的电灯开关，却发现灯泡已经坏掉了，只好举着手电翻弄一个老式橱柜——我学生时代的很多东西都放在里面。

淡淡的霉味从橱柜中散发出来，还伴随着一阵扬起的灰尘。我一边咳嗽，一边在褪色的旧书中找我的高中同学录。我希望能找到一些真实的东西来验证我的记忆是正常还是紊乱，在罗超杰的宴会上老同学们的话提醒了我——没有人的高中时代不会留下点儿痕迹的。

过了很久我才在最底下的一个抽屉里抱出了一摞厚厚的东西，最上面的一本封皮印着“两江市南山区绿湖镇高中1999届一班毕业留念”。那些烫金的大字都已经完全变成了白色，边沿还有老鼠咬过的痕迹。

我紧张地咽了口唾沫，把这本同学录放在地上，小心翼翼地翻开它。陈旧的纸张已经发脆，我借着不算明亮的光线辨认那一张张老照片。

绿湖镇高中不大，每届几乎只有一到两个班的编制，所以我们的同学录中有那一届几乎所有人的相片。我把手电贴近那些相片，很多人我都可以一下叫出名字，虽然已经过去了十几年，但每个人的模样还是可以辨认。

当时流行找班上同学每个人单独给自己写一页寄语，然后把照片贴上去。我很快找到了罗超杰的那一页，当年的他满脸青春痘，完全是一副邻家男孩儿的样子，我想起他严肃的制服造型就忍不住面露微笑。还有魏庆，他那个时候简直苗条得像个模特……

不过我翻遍了同学录也没有找到罗倩的照片和寄语，她似乎完全没有给我留言，而唯一的班级合照上，女生们的队列中有一块黑斑，仿佛被什么东西烫到了似的，完全变成了一片焦黑，甚至还波及了后面一页的照片。

后面那一页上有三张照片，前两张都是男生的合照，除了第一张都被烫坏了，我几乎把眼睛贴上去才辨认出第三张照片的半张脸，那是一个男孩儿，留着少见的中长发，只能看到一只眼睛，好像姓洛，后头那个字看不太清，像是个“华”，而夹在他和第一张照片中的第二张照片则毁得一塌糊涂，根本看不出是男是女，只有下面熟悉的名字跳入了我的眼睛：孟之渝……

我的心底突然一片冰凉，好像被灌进了一阵冷风，全身打了个寒战。

手电筒的灯光闪动了几下，似乎快要没电了，我烦躁地晃了晃，后悔平时没有保持充电的习惯。我开始飞快地翻找着后面的相片，可是基本上没有什么完整的班级聚会照片，只是偶尔有些零星的活动片段，我翻到了男子篮球队、舞蹈队，甚至还有一些小团体的合照，却都没有看到我想看到的画面……

灯光越来越黯淡了，手电筒的电量在一点点耗尽，而我还在不死心地从头开始翻！

我偶尔会在留言的只言片语中看到这个叫"洛华"的同学，他的读后感作文在学校阅读活动评比中获得了一等奖；还有孟之渝的数学成绩，一直数一数二；但是胡倩的线索很少，几乎所有的照片上她都只是模糊的配角，在照片之外挂个名字……

单纯的文字无法解决我满头的疑问，我扔下同学录，又去找从前的相册，我心中好像有个念头——不看清楚被烫坏的脸，我就会一直在迷雾中徘徊！

光线更弱了，手电筒电量很快就要耗尽，我摇晃了两下，希望它再坚持一会儿。明明刚刚下楼梯的时候我还冷得打战，但是现在我却背上和额头都开始出汗，动作也焦躁起来，但是那些该死的照片连影子都没有！

就在我恨不得把柜子整个翻倒在地的时候，手电筒电量耗尽，光亮完全熄灭了……

地下室立刻陷入黑暗，我坐在地上，清晰地听到自己粗重的喘息。手电筒“啪”的一声落下，我的手指插进发丝中，我的身体仍然在颤抖，一种说不出的恐惧在心底蔓延。

这本同学录什么时候被弄坏的？我一点也记不起，而毁掉的部分如此凑巧，实在是让我不寒而栗。我回忆着那焦黑的痕迹，它都有些霉烂了，并不像是最近被损坏的。

我神经质地靠着墙，急促地呼吸，心脏像是被什么东西紧紧箍住。我来到卧室门外，费力赶走内心的恐惧，控制着呼吸的频率。我把脑袋抵在墙上，想到自己其实还可以去找范老师，如果胡倩确实从小学到高中都是我的同学，那么范老师也一定认识她。

我又重新回到床上，躺在了妻子温软的身体旁。段琴没有被惊醒，依然睡得很香，我辨认着她柔美的轮廓，稍微安下心来——我还记得她，这才是最重要的……

第三章

诡异葬礼

大约睡了四五个小时，也有可能是六个小时，我也不清楚，但是睡前的疲惫几乎没有好转，在睡梦中我好像也在不断地经历着现实中的一切。段琴照例比我先醒，她去准备早餐，以及叫佳玲起床，而我走进洗手间。

我厌恶地看着镜子里陌生的脸：那眼眶下面有浓重的黑眼圈，双眼中布满了血丝，一看就是没有睡好的模样，我讨厌他的表情——显然那个人也同样地厌恶我！

“妈的！”我小声咒骂道，然后往脸上浇冷水。

我给主管打了个电话，跟他说我现在在发烧呢，又请了一天的假。我计划今天去医院做进一步的检查，尽管昨晚我有了新的猜测，但也同样需要去验证之前的怀疑。

哦，对了，还得拜访一下范老师，她肯定能告诉我关于胡倩的事情。

“段琴，”我下楼来到厨房，“能给我兑点蜂蜜水吗？我的喉咙有些痛，可能是感冒的后遗症……段琴？”

我意外地看见厨房的工作台旁边只有正在吃着荷包蛋的佳玲，桌子上摊着吐司片和果酱，而本该忙碌的女主人却丢下了正弄到一半的早餐不见踪影。

“妈妈呢？”

“有人来找她，她出去了，就在门外。”小姑娘津津有味地盯着电视机里的晨间动画节目，看都没看我一眼。

我走过去，把那释放噪音的东西关掉，引来一阵强烈抗议。

“吃饭的时候看电视对消化不好。”我一本正经地对佳玲说。

“才不会呢！”她生气地给了我一个白眼，然后飞快地把荷包蛋填进肚子里。

我舀了点苹果酱，涂在吐司上，然后一边吃一边走向门口。我从门边的窗户望过去，看见段琴正和一个穿黑色T恤的男人说什么，然后她拿着一张卡片回来了。

我连忙走到水族箱面前，掰下一点面包屑，装作给小丑鱼喂食的模样。段琴开门进来，脸上很阴郁。

“怎么了，那是谁啊？”

她抿着嘴唇，犹豫了一下："刚才……有个小伙子来找你，说是范老师家邻居的孩子。"

"发生什么了？"范老师的邻居我认识的不多，特地来找我更是奇怪。

"范老师昨天晚上——去世了……"

我怀疑自己的听力出了问题！

段琴难过地看着我，我相信自己现在的表情一定很难看。

"这不可能！她的身体很健康啊！我昨天上午还见过她，甚至昨晚的聚会她也来了，明明一点事儿也没有。"

段琴抚摩着我的肩膀："是意外，昨天晚上聚餐结束后她不小心在浴室里摔倒了，饭饭的狂吠才招来了邻居们……可怜的范老师……"

我捂着眼睛，意外、伤心、震惊还有失望交织在一起，完全说不出话来。在地下室中产生的恐惧在这个时候迅速地卷土重来，占领了我的大脑。我闭上眼睛做了个深呼吸，把那张卡片放在身后。段琴扶住了我的手臂："告别仪式的时间——就在今天下午，地点是镇上的安乐堂，说是你的同学们都要去。大鱼，你不要太难过了，那位老师一定是个好人……"

我露出苦笑——她不光是个好人，现在对我来说更是重要的记忆。我现在除了悲伤，还非常非常害怕。我今天原本要去找她，她却在这个当口出事了。

段琴叹了口气，决定让我一个人待一会儿。她催促着佳玲出门上学，我发现自己已经连续两天没有送小公主上学了，这是过去从来没有发生的事情。短短两天发生了太多的事情，让我的世界发生了天翻地覆的变化，而身为当事人的我，却对这一切变化的原因一无所知。这让我陷入了深深的恐惧当中。

屋子里非常安静，只有水族箱里的增氧装置发出的“嗡嗡”声。我木然地看着那些小丑鱼慢条斯理地游来游去，那条灰色的怪鱼突然冲出来，惊得小丑鱼们四散奔逃。它得意扬扬地甩着尾巴，那张扁平的面孔正对着我，从上方望下去感觉它好像是在笑。我厌恶地转过头，感觉有什么不对劲的地方让我浑身难受，可是却又无法说清楚。

我整个人陷入了混乱……

今天早上又有大雾，而且气温比昨天更冷，天色也更加阴沉。我走出门，对段琴说我是去工作，实际上却来到了范老师家。

她住在一栋老居民楼里，就在一楼，常青藤爬在房子外面的铁栅栏上，编织成绿色的网。屋子的窗帘都拉上了，但看得出来里面有人，因为灯都开着。

范老师的丈夫在三年前去世，这些年她一直是孤身一人，孩子在沿海地区工作，剩下的亲人也只有一个远在东北生活的妹妹。现在能帮她料理身后事的是邻居、警察和社区服务人员。我不明白为什么葬礼会安排在今天下午，她的亲人根本无法赶到……

我很想敲门进去，但是又害怕看到老妇人死去的脸——那张脸昨天还亲切地出现在我面前，慈爱地对我微笑。虽然我知道范老师有冠心病，但是仍然觉得猝死的消息太过于突然了。

我敲门后不久门开了，一个穿着黑色外套的中年人走出来，我认出那是黄阿伯，外号叫“送客黄”，是镇上殡仪馆的负责人，镇上的丧礼基本上都是他在操办。他身后几个殡仪馆工人推着一台担架车，上面覆盖着隆起的白色裹尸布，五六个陌生的面孔跟在后面。他们像活死人一样僵硬地移动着关节，缓慢而沉默地朝黑漆漆的灵车走去。虽然从大门到灵车的距离并不长，但仿佛一段生死分明的路，一个前一刻还活生生的人此刻正退出我熟悉的生活，永远消失。

我感觉毛骨悚然，喉咙里像噎了东西一样说不出话来，掌心冒出了冷汗。

这些面无表情的人把尸体抬进灵车中，然后朝殡仪馆的方向开去。黑色的影子很快消失在茫茫的雾气中，我在恍惚之中有一种他们正驶向阴曹地府的错觉。

我看见范老师的邻居马阿姨站在台阶上，她算是范老师最好的朋友，饭饭此刻正温驯地卧在她身侧。金毛猎犬望着灵车远去的方向，眼睛里充满了悲伤，悲伤地呜咽着，它此刻好像一个疲惫的老人，没有了一丝热情和活力。

就在马阿姨要关门离开的时候我叫住了她，饭饭抬头朝我哽咽了一声。

“小孟啊，”她问我，“你也是来看范老师的吗？真抱歉，殡仪馆的人刚刚接走她。”

“是，太遗憾了。”我搓着手，“马阿姨，你一直在这里吗？”

“是的，从昨天晚上就在这儿了。可怜的范老师，她心脏病犯了，在浴室里犯的，又在地板上滑了一跤，根本没来得及吃药。”马阿姨告诉我，“当时饭饭急得狂吠，我觉得不对劲就赶紧过来了，当时门是锁着的，还是我儿子从厨房爬窗户进去的。我当时立即打了120，但是救护车赶到的时候她已经停止呼吸了。派出所确认后开了死亡证明，随后殡仪馆的人就来把尸体拉走了。”

我唏嘘不已，蹲下来摸了摸饭饭的头，它冰冷而湿漉漉的鼻子蹭了蹭我的手掌，发出低沉的呜呜声。我一边抚摸悲哀的狗一边问道：“为什么葬礼这么匆忙？”

“范老师早安排好了，说是停灵一天就可以了，早点火化，骨灰下葬的时候大家去看看就行了，不给大家添麻烦……”马阿姨叹了口气，“她知道自己的身体不好，看得很开，遗嘱一直都压在茶几玻璃下面，说是所有的事情都从简。”

简化到这个地步不能不让我觉得怪异，但是医生们的判断应该没有问题，何况陪同的还有警察。

我站起来，问道：“饭饭呢？它怎么办？”

“我不知道，也许范老师遗嘱里已经给它做好了安排，反正它跟我也熟，这几天我暂时养着它吧。”

我退开几步，马阿姨牵起饭饭朝自己家走去，金毛猎犬踩着沉重的步子，在即将进屋时回头望了望我，它的眼睛就像幽深的黑夜，里面却没有一点星光，我胸口发闷，好半天透不过气来。

但我只能拖着步子回到车上，发了一会儿愣，然后才拨转方向盘朝镇上的医院开去。

这家二甲医院是前几年新开的，硬件设施还不错，镇上看病方便了不少。跟拥挤的主城医院相比，这边因为人少，很多检查都是当天就可以做并且拿到结果，对急于得知结果的我来说算得上是个好消息。

我做了一个全身检查，特别做了脑部 CT。给我看诊的是一个五十多岁的大夫，虽然之前我并不认识他，但是看得出他很细心。我坐在大夫面前，听他给我讲解 CT 检查报告。

满头银发的大夫对我说：“孟先生，检查结果没有问题，没有肿瘤、没有出血、没有梗死……什么也没有。你说头不痛？”

“对。”

“只是一点点局部的失忆？”

“……是的。”

大夫将检查结果抵还给我：“现在从检查来看你的脑部不存在病变，按道理不会出现这样的症状。”

“可是它出现了。”我没好气地说。

大夫笑了笑：“我建议你考虑一下心理疾病方面的治疗，现代人患上心理疾病的概率还是蛮大的。”

我垂头丧气地离开了医院，把诊断报告丢在副驾驶的座位上，

快十二点的时候段琴来了个电话，提醒我下午出席葬礼的时间。我看了看身上的衣服：还好是一套灰色T恤和黑色的外套，不用再特地去换了。

我没心思吃午饭，只想去公墓看看，但是又怕段琴担心，只好谎称自己在公司附近吃过了才来接她。殡仪馆的后面就是火化车间，不时有人从后门进出，抛洒着黄色的纸钱给死者开路，亲人们跟在遗体后面，端着遗像和骨灰盒，送别最后一程。

我隔得老远就看到这种队伍，想到范老师的最后一程连这种陪伴都拒绝了，心中不由得感到难过和失落。

我带着段琴下了车，浓雾早就散开了，只留下淡得几乎觉察不出来的清冷味道，现在不但没有太阳，更糟的是居然下起雨来了。虽然雨势不大，可空气又冷又湿，皮肤被附着上了一层讨厌的水汽。云聚集成一片无边的深灰色海洋飘浮在天空中，矮得好像贴近头顶，这让我感到异常疲惫，有种被压弯了脊梁的感觉。

我觉得胸膛里空荡荡的，整个人异常茫然，不知道自己是怎么走进殡仪馆的。

殡仪馆位于小镇外围，背靠小山，山坡上就是公墓。公墓分一期和二期，镇上人也俗称老公墓和新公墓。新公墓在山的另一侧，离殡仪馆较远，但是环境更好，不过范老师很早以前就跟老伴儿一起在老公墓里买了块墓地。

殡仪馆里有几个告别厅，范老师治丧的朋友们租用了最小的一个，即便来向她告别的人很多，她也并没有留给大家太多的时间，她似乎急匆匆地就想要去跟丈夫团聚，并不在意活人的虚礼。

她的儿子尊重她的安排，接到消息连夜乘坐飞机赶了回来，幸好赶上了葬礼。

我站在简单的灵堂里，看着老太太躺在冰棺里，表情平和，一点儿也没有痛苦的样子。我上了香，感觉非常不真实。段琴担心地握住我的手，似乎怕我下一秒就哭出来。但其实我并没有伤心到那个程度，我只是怀疑自己深陷在一个大型的玩笑中。

范老师的儿子也是我们的学弟，当年我们也算是朋友，但彼此十几年没见还是生疏了不少，他红着眼睛感谢了我们，紧紧地握着我的手。

我不知道这天是不是并非吉日，今日下葬的只有范老师一个人，也许只是绿湖镇不大，死亡是一件稀罕事。

整个公墓静得只能听到雨点儿落到草地上那几乎细不可闻的声音。老公墓依着山势一排排地修建上去，全是方形墓碑……墓碑上的文字有的已经被岁月腐蚀斑驳，有的却鲜亮簇新。此刻我面前东北角的一块墓碑下已经挖开了一个长方形的墓穴，水泥浇筑的地穴散发着潮湿的味道。

这里是死者的国度，寂静一片。

我来得很早，家属还没带骨灰过来，这也让我有充足的时间在这周围逛一逛。

我朝范老师的墓地走去，沿途看到了许多熟悉的名字：李竹，1992年去世，一个尽职尽责的教导主任；丘利国，我小时候常常吃他店里的葱花饼；陈艾莉，可亲的花店小姐，她只活了19年；孟川流和祝清葬在一起，我恩爱的父亲和母亲，当年我把他们送到老家来安葬的……

最后我来到了此行的目的地，望着浅浅的地穴，再过一会儿范老师就将永远躺在下面，曾经慈爱的老人装进了一个小小的盒子，石板会压在她上方，只剩下冰冷、黑暗和孤独。这就是死亡。

我刹那间膝盖发软、呼吸困难，按住胸口退了几步，扶着旁边的墓碑喘气，费了好大的劲才将那种感觉压下去。

是的，我敬爱的范老师，可我能肯定自己不会因为她的死亡而出现这么大反应。我说不清是身体的虚弱还是情绪有些崩溃。

雨水混合着我皮肤上的冷汗朝下流，我闭上眼睛命令自己振作。在深呼吸了几下之后，我站起来，用袖口擦了擦额头上的虚汗。

“对不起，冒犯冒犯……”我对着墓碑双手合十说，希望它的主人不要介意我的无礼。没承想看到墓碑上的字，我脸上的肌肉却在一瞬间僵住了——洛华。

我脑子里立刻电光石火地想到了高中同学录上那半张模糊的照片。这就是我那位神秘的同学吗？一个我完全没有印象的同学？原来他已经死了，而且死了二十年了。

“……现在我们怀念这位女士，仁慈的长者、尽职的教师，她赢得了所有人的尊敬……她现在摆脱了人间的苦痛，跟最爱的人重逢，我们向她告别，感谢她的奉献。下面请大家一鞠躬……”

范老师和师公区兵合用了一块墓地，姓名在墓碑上并立，代表了他们坚贞的感情。

充当司仪的“送客黄”庄严地念着悼词，四周寂静一片。我和范老师的儿子一起低着头，手里拿着一朵白色的菊花，听到“一鞠躬”的声音一同弯下了腰。旁边来的人不多，只有马阿姨和另外两个范老师的学生，其中一个是乔勇，我向他点头致意。我们排成窄窄的一列，陆续把手里的花放到墓碑上，然后离开。

雨已经停了，青草和泥土的味道更加浓烈。段琴一直在公墓最下面的休息区等我，看到我下来以后，她向我挥手，然后跑过来拉住我。

“大鱼，不要再难过了。”段琴温暖的手指头摩挲着我的掌心，“每个人都会死，我们记住那些幸福的时光就够了。”

“是的，每个人都有这一天……”我回头看看，范老师的骨灰盒刚刚已经被放进墓穴，工人们开始封闭墓穴。

“阿琴，如果说我其实并不害怕，你相信吗？”

“当然相信。”她微笑着对我说，“但是为什么呢？”

我环抱着她的腰，低声说：“范老师这么好的一个人，却走得这么孤独，在临死前只有一只狗在她身边。我不会像她那样，我有你，还有佳玲。如果有一天我必须死，只要你们在我身边，我就一点也不害怕。”

段琴的表情很奇怪，她的眼圈有些发红，但是嘴角却带着微笑。她没有再说什么，只是紧紧地拥抱着我。

送别的人渐渐散去，乔勇的背影引起了我的注意。

“段琴，”我抬起手腕看了看表，“马上就要放学了，你可以单独去接佳玲吗？我得去找乔勇，要问他一些事情。”

“行，大鱼。”她微微张嘴，好像要说什么，但最后只是皱了皱眉头。

“喏，这是车钥匙。”我拍拍她的手，也来不及跟她解释，就急急忙忙追上了我的老同学。

“乔勇！”我大声叫道，“等一等！”

那矮个子的男人回头看看我，微笑着招呼：“哎，老孟，我还说你到哪儿去了，转头就没看见。”

“刚我老婆来了，有点事儿。我这不是等着你呢吗。”

“这事儿可太突然了。”乔勇叹息道，“范老师这么好的一个人……虽然她从来没有评过我当三好学生。”

我笑了笑，递给他一支香烟：“陪我聊一会儿好吗？”

“客气啥啊。”他接过香烟，“如今也就当年的老同学还能说说心里话。”

我们慢慢地朝外面走，我吐出一口烟，叹了口气：“你知道我刚刚看到范老师和师公的隔壁是谁的墓地吗？好像是叫作洛华。老乔，你记得这个名字吗？”

我这个老同学的脸色变得有些难看，他拧着眉头狠狠吸了一口烟，没有说话。

“哦，对了，老乔，我的高中同学录破得不成样子了，照片都看不清了，改天把你的借给我好吗？你知道我的坏在哪儿吗？我、胡倩，还有洛华，我们的脸全都变得黑乎乎的，看不清楚。”

乔勇的脸色越来越白，他看了看周围，在确定没有人注意我们之后，压低了嗓子说道：“何必呢，老孟？这么多年了，我们都知道洛华的死是个意外，没有人责怪你！虽然他确实……确实死在你手上……”

乔勇是个老实巴交的人，我俩从幼儿园开始就是同学了。我记得小学的时候，我们一伙人曾经偷过女孩儿们饲养的兔子，结果被家长找上门来。当然了，我们死都不会承认干过这事儿，只有乔勇扛不住询问透露了藏兔子的地方，害得我们被父母好一顿教训。

不过从另一个角度来说，乔勇是真的不会说谎，他心肠软，经不住哀求，是一个善良到有点蠢笨的家伙。

现在我看着他支支吾吾的样子，几乎没有丝毫犹豫地相信了他说的是实话。洛华，我的同学——死在我手上。

为什么我对此没有任何印象？

“老孟，对不起。”乔勇不安地看着呆滞的我，他紧张地吸了口烟，“这件事确实已经过去很久了，每一个人都很伤心，我们都说好不再提起它。老孟，一切都过去了，你不是也忘记了吗？”

“我倒是很想忘得一干二净，可有些事情我控制不了！”

我的老同学眼睛里充满了同情：“我明白，你说过不再提，这么多年我们都以为你已经放下了。”

“老乔，你能跟我说说当年发生了什么吗？我想知道自己到底做了什么？”

“你这么说是什么意思？”

我尽量表现得非常犹豫，不再遮掩自己的痛苦：“我不太对劲，老乔！我这段时间好像脑子出问题了。我的记忆非常混乱，很多事情都记错，甚至包括自己的身份，还有过去的事情，比如我的学生时代，比如胡倩和洛华……一下子他摔断了脖子，一下子又被我们勒死，你还紧紧地拽着绳子——”

“不！”乔勇一下子吼出来，他涨红了脸，一副气急败坏的样子，“老孟，你疯了？洛华是被淹死的！又不是你把他摁进水里的。”

“我记不清楚，我不能确定了，老乔！”

“当时大家只是想开个玩笑，是你偷偷地放掉了橡皮船的气，我们都不知道！当然了，本来那是绿湖中水最浅的地方，谁知道那里会有水草……没人愿意看到那样的结果，洛华原来游泳技术很好，我们都以为他只是在演戏！老孟，每个人都尽力了，你也是！你为了救他差点也……”

乔勇仿佛意识到自己的情绪有些失控，他喘着粗气转开了头，狠狠地把烟头扔进湿漉漉的草地，接着一脚踩灭。

我的脑中混乱一片，乔勇的话似乎打开了一扇朽烂的门，门缝中流出黑色的水。

我知道他说的应该就是我遗忘的记忆，但我依然觉得陌生。我闭上眼睛，摁着发痛的脑袋拼命回忆，这个时候，一些奇怪的景象突然如同破损的电影胶片一样快速在我心底掠过。

我看到四溅的水花，听到嘈杂的呼喊和尖叫，有人在喘气，还有哭的声音。年轻的乔勇、罗超杰，还有鲍腾达、魏庆、霍真海……每个人都满脸焦急，他们好像在喊“救命”！

一个黑色的身影在水中挣扎，渐渐地没顶、消失……最后一切都归于沉寂，碧绿的湖水和周围墨色的森林无比清晰地呈现出轮廓，静谧、幽深，美得像一幅油画。

“大鱼！大鱼……你不舒服吗？”乔勇惊慌地扶着我，大概是我脸上的表情吓着他了。

我捂着额头跌坐在地上，眼睛红得像兔子。乔勇可能以为是自己的情绪影响了我，露出愧疚和担忧的神色。我扯了扯嘴角，想安慰他，但笑得好像在哭。

“没事的，老乔。”我对他说，“不用担心，我只是有些惊讶……喏，一下子听到那么可怕的事情，而且还发生在自己身上，再坚强的人也会深受打击的。”

他同情地望着我：“我完全理解，老孟。我完全没想到你……你会失忆……难怪那天在罗超杰家你不怎么说话。”

“我马上就会好的！事实上这都是因为我太忙了，我一直在感冒发烧。”

“别再去想那些不幸的往事了，老孟，你没必要折磨自己。我们当年都是一帮愣头青，不知道天高地厚，可大家都没什么坏心眼儿的，谁也不想发生那种事……”

我抹了把脸，重新站起来。乔勇好像松了口气，他和我告别，嘱咐我多注意身体，许诺过两天再来看我、段琴和佳玲。

“再见，老孟……”他似乎犹豫了一下，“……算了，下次再说吧。”

我慢慢地从墓地走回家，让雨后的空气冷却我发热的头脑，乔勇的话一直在我脑子里回响，就好像设定了“单曲循环”。当我来到家门口的时候才惊讶地发觉，天都已经快黑了。

我疲惫地进了屋，招呼段琴，她在书房里回答了我一声。

我走过去拥抱了一下她："老婆，今天晚上我们吃什么？"

我感觉她的身体忽然僵硬了一秒钟，然后干巴巴地回答："抱歉，我现在什么也吃不下，如果你饿了就叫外卖吧。"

气氛不对，傻子也听得出她在生气。

我小心翼翼地在她面前坐下来，看到她机械地用尺子勾画着线条："怎么了，阿琴？甲方又让你改图了？你的编辑是一个波普艺术的爱好者，她应该去画廊里推销那些照片拼出来的玩意儿——"

"大鱼！"

段琴突然提高声调打断我的话，眼睛里有小小的火苗，我立刻明白她终于忍不住对我发火了。我紧张起来，去拉她的手："老婆，怎么了……"

她立刻抽开了手。

"上班！"她愤怒地转过头，"你告诉我今天去工作，可是你领导打电话到家里说你几天都没上班了，问我你的身体怎么样了。"

"哦，这个……我去了，只是他没看见我，他比我忙多了！"

"哈！对啊！"段琴冷笑着站起来，"为什么不干脆说他瞎了？真没想到，我老公又是病毒性感冒，又是高烧不退，病得那么严重，而我却不知道！"段琴重复着我向领导报告的请假理由。

"不，这只是……夸张！"

她终于忍无可忍地叫起来："我们结婚多少年了，大鱼？难道每天晚上睡在你身边的是一块石头吗？"

我狼狈地涨红了脸，想说一些安慰的话，但我知道这只会让段琴更加生气："阿琴……听我解释……"

"解释什么？解释你向我隐瞒身体状况？还是解释你瞒着我，又骗你的老板？我不明白你为什么要这么做！"她皱着眉头，语气中有极大的伤心和失望，"别跟我说什么'怕我担心'，我要听的不是这个！"

"段琴，你别乱猜，真的没有那么严重！"

"那为什么不告诉我？你这几天不对劲，我知道，你有心事……我装作什么也没发生，希望你能告诉我，让我和你一起分担。可是你没有，大鱼，你觉得我是谁？我是你老婆还是一个陌生人？"

看着段琴有些发红的眼圈，我既内疚又惭愧——当我独自为混乱的记忆烦恼的时候，却忽略了她的感受。

我看着她眼睛下面淡淡的青色，那里面隐藏着一丝憔悴。我难过地拉过她的手，不顾她的反抗把她紧紧地抱住。

"对不起，对不起，对不起！我很抱歉！"

"大鱼……你太可恶了……"

"是，是我想得太多了，不该瞒着你，一切都是我的错……"

“为什么不告诉我，你到底发生了什么？”

我抚摸着她柔软的发丝，舌根上泛出一点点的苦味，就好像咽下了一个发霉的果子。

“我不知道，段琴……”我喃喃地说，“我好像忘记了一些事情……现在我的脑子就像一锅麻辣烫！段琴，我看到很多熟人，他们都认识我，而我却想不起关于他们的任何事！我可能是脑子有病！我害怕，如果我真的疯了，咱们这个家该怎么办？”

段琴用力捧住我的脸：“你怎么这么糊涂，你早就该说出来啊，你应该把一切都告诉我。”

“段琴……对不起……我害怕极了。”

她从我怀里退出来，仔细看着我眼睛：“你前天早上就感觉不对劲，是吗？”

我点了点头。

“我还以为你是在找借口，我也该向你道歉。我太粗心了……”她冲我露出一个熟悉的温柔笑容，“坚强点，大鱼，这没什么大不了的！你看医生了吗？”

“他们找不到原因……至少没找到生理性病变。”

“这是一个好消息，说明你的身体很健康。接下来呢，有别的建议吗？”

我自嘲地笑了笑：“大夫说我最好去看看心理医生。”

“那就去看吧！预约一个绿湖镇最好的心理医生，还不行我们就去市区，别讳疾忌医！你不勇敢地找到问题，就不可能解决它！”段琴用一种严肃的语气对我说，“大鱼，我要你牢牢地记住，不管你发生什么事情，我都不会离开你的，我会一直站在你身边，可你绝不能瞒着我！”

我内疚不安，又感到幸福。这次的争吵让我觉得温暖，从墓地带回来的沮丧和冰冷逐渐消退。我拉着她的手，把脸埋在她的掌心。

书房门口传来咳嗽的声音，我们连忙分开，看到佳玲脸色诡异地站在外边。

“哦，抱歉打搅你们。”小公主做出一副大人的正经模样，“我想说我的手工作业完成了，现在我可以看电视了吗？”

我和段琴又变回了平常的样子，当一对最善解人意的父母，回答道：“当然可以，幺幺，不过只能看三十分钟。”

佳玲转身离开，又回头撇了撇嘴：“啊，还有，现在都快七点了，我饿了。”

“马上就可以吃晚饭了。”段琴向她保证。

“别忘了我的‘甜心餐’，妈妈。”

段琴微微皱起眉头：“我以为是下个星期三。”

“是这个星期三，就是明天。”佳玲提醒道，“上周末我已经告诉梅小妮她们，我会带草莓口味的。”

“哦，抱歉，幺幺。”段琴走过去亲了一下她的头顶，“放心吧，我会做最好吃的甜品。”

“谢谢妈妈！”佳玲紧紧地抱住她，“你最好了，你要永远当我妈妈，要一直陪着我，这样我才有好吃的！”

“那当然了，当妈妈可是一辈子的事儿呢！”

小公主终于蹦蹦跳跳地去看动画片了，段琴摇着头走回来，一边收拾她的稿子，一边抱怨：“我最近都忙昏头了，竟然忘了她的聚餐……哎呀，我老是记错日子。”

我靠在书桌旁看她忙来忙去：“什么‘甜心餐’？”

“女孩子们的游戏活动而已，主要还是比拼下家长的厨艺，我不会让咱们幺幺输的。”段琴凑到我面前，用力按了下我的肩膀，“现在还是先解决咱们的晚饭吧。告诉我你想吃什么？”

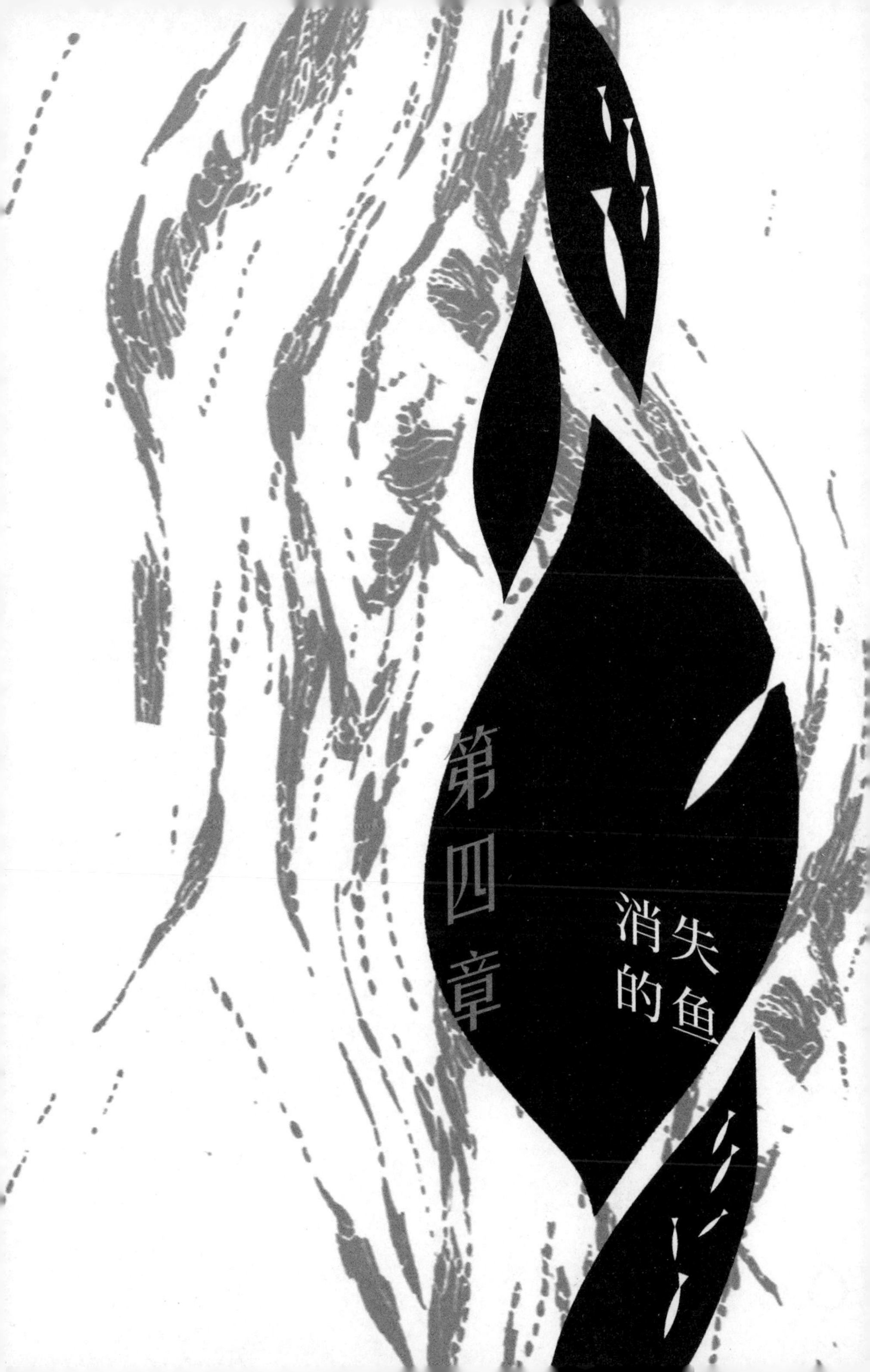

第四章

消失的鱼

丰盛的晚餐和段琴的温柔并没有让不安的情绪从我心中完全消退，因为我当天晚上梦到了洛华。

我依旧看不清楚他的脸，只有一个模糊的背影，但我知道那是他。他用开朗语气在对我说话，我却听不清他到底说了些什么。我看到他背对着我走进湖水中，微风从白桦树中间穿过来，拂动他的头发，发丝由于光线的原因变成了浅色。我推着橡皮艇，用一双皮肤黝黑、肌肉贲张的手臂——这双手臂绝对不应该属于一个身材瘦小的人。

洛华好像在朝我招手，大叫着要我过去！我却丢下船把脸贴近湖面。就在我要看清楚自己的样子时，绿色的湖水突然激荡起来，顷刻间就将我和洛华都卷入了带着腥味的波涛中！

……

我并没有像上一次那样被噩梦吓醒，只是在满身的冷汗中睁开眼睛，连靠在身旁的段琴也只是稍微动了一下，完全没觉察到。

我平静地躺在床上，手脚失温，过了好半天才找回四肢的存在感。我稍微活动一下脖子，很容易就看到了床头柜上的照片。

绿湖好像是一切的起点——我对自己的长相产生陌生感就是从那儿归来以后开始的；那些被遗忘的事情，仿佛也跟绿湖有关……我应该去看一看，没准儿能够帮助我想起什么有用的东西。

啊，对了，段琴说明天要和我一起去镇上的心理诊所，她已经预约了。在此之前，我应该还有点时间先到绿湖看看。

是的，我必须去一趟，现在那个地方对我来说就像一块磁铁般具有吸引力，让我心头痒痒的，甚至有些莫名其妙的激动。我并不认为那里可以帮助我彻底解决眼前的问题，但是我想找到可能存在的任何答案，哪怕是支离破碎的片段。

当晨间的微光让窗户的缝隙亮起来以后，段琴照例起床下楼，开始为新的一天而忙碌。她才是这个家的支柱，哪怕有再大的问题，只要她依然在按照规律生活，我就得到了最有效的安慰，没有什么能打垮我。

我向忙着给小公主做早饭的段琴说我想去开车兜风，她用一种略带担忧的眼神看着我。

“第一次去看心理医生，我需要尽量让自己放松。我只去一小会儿，保证中午前回来！预约的是下午两点对吧？我还能吃你做的老干妈炒饭……”

段琴注视了我一会儿，终于宽容地笑了笑：“我不打算做炒饭了，你觉得番茄鸡蛋面怎么样？”

“那更好！”

我到客厅拿了车钥匙。佳玲披着头发，踮着脚在水族箱前面给小丑鱼们喂食。听到我的声音后她回头朝我挤了挤眉毛：“我都听见了，爸爸，你还是怕去看医生。”

“这叫作压力转移法，你也应该学学。”

我抛了抛手中的钥匙，不理会小公主的嗤之以鼻，走出了家门。几乎是亟不可待地把车发动了起来。

今天早上又有大雾。

我不明白为什么这样的天气会来得如此频繁，最近每天早晨镇上都会被白茫茫的雾所笼罩，即使散开后也只有一片阴沉沉的天空。往常可只有秋冬季是这样，夏末真的不至于如此，我想念阳光已经快要发狂了。更让我觉得不耐烦的是，这朦胧的雾气让车行速度放缓，我内心的急切也变得越发强烈了。

在正常的天气里，我开车从家到绿湖只需要四十分钟，可今天足足花了一个小时。当浓雾逐渐变得稀薄的时候，我看见了道路两旁茂密的野草——狗尾巴草、车前草、蒲公英……最后我开上小路，在一片茂密的榕树林外围停了下来。

雾气在这个地方已经完全没有了踪影，我不得不猜想，它们被生机勃勃的树木驱赶开，无法侵入这片领域。我踏着铺满落叶、野草和苔藓的倾斜土地朝下面走去——或者说，其实我在跑。

带着潮湿味道的空气钻进我的鼻子，我听到了自己粗重的呼吸声和剧烈的心跳，榕树和灌木逐渐稀疏，一片碧绿如同翡翠般的景象呈现在我的眼前。

绿湖，它就像深夜里猫的眼睛，静静地折射出冷光。

尽管以前来过绿湖很多次，但是每一次我都会惊讶于这个地方的美丽。段琴说，画画的人无论看多少回《蒙娜丽莎》，都会从中发现不同的美，我这个习惯跟数字打交道的财务工作者虽然缺乏鉴赏力，但是也能够明白自然和艺术在美学意义上的相同之处。

绿湖就是巧夺天工的作品，它大概在盘古开天辟地的时候被安置在了这绵延不断的丘陵当中，然后又被给予了最丰富的绿色。这个地方从每一滴水到每一棵树都是绿的，深浅不同，浓淡适宜。段琴曾经很多次来这里写生，但她说自己永远也无法调出同样的颜色，更没有办法画出这里的安静。

她说的是实话——绿湖很神奇，当我们一家或者跟朋友来的时候，它似乎充满了生命力，我们会带孩子去看鸟，钓鱼，在草丛中捉虫。而当我自己或者跟段琴两人来的时候，它就变得安静了，静得难以让人觉察到时间的流动。如果不是我看到水波的颤动、听到野鸟唱歌，还有林中树叶被风吹动的声音，我会以为这里的一切都是凝固的。

我狂跳的心在看到这片熟悉的景色以后渐渐变得平稳，双腿因为奔跑而有些发软，我在经年累积而成的厚厚落叶层上坐下来，听着自己的喘气声。我做了个深呼吸，感觉到一股带着木质气味的冷空气从鼻腔进入我的身体，驱除了一部分的燥热。

让我觉得安慰的是，这里并没有令我惊恐的陌生感，我轻易地看一看周围就找到了熟悉的细节——比如被佳玲刻上名字的那棵杨树，比如段琴用来支起画板的石头。我没有遗忘我在绿湖的快乐，甚至上个星期的那次郊游还可以完整地浮现在眼前。

但是我不得不承认，我对乔勇口中的那场悲剧仍然感觉陌生。我眼前的这片碧水吞噬了一个生命，并且是由于我的缘故，我对此竟然忘得一干二净！这简直是荒谬！

路医生说过："受到很严重的刺激，还发生了创伤性的生活事件都可能引发失忆！"难道真的是因为我在逃避洛华的死而暗示自己遗忘过去吗？可按照乔勇的说法，那已经是很久很久以前的事情了，最近难道是有什么新的触发点吗？

我忍不住站起来，一步一步走到美丽的湖水边上，那片绿色立刻占领了我的眼睛。我把手伸进水中，冰冷刺骨的感觉立刻从指尖一直蹿到心脏。我突然眼前发黑，觉得自己不能呼吸，就好像肺里充满了水，它们凶猛地从我嘴里灌进来，好像要把我的灵魂挤出体外。我的身体几乎麻痹，几乎没有挣扎的力气。

这就是死亡的感觉吗？洛华在临死前是不是就在经历这些？我现在的记忆究竟是自己的，还是那个死人的？

我像被电击了一样抽回自己的手，一下子仰面躺倒在地。

不，不对！

如果说我刻意遗忘关于洛华的事情还说得通，那为什么又忘记了胡倩，还有关于罗超杰的混乱记忆，以及家里的鱼，还有被损坏的同学录！

不，其实再明显不过了！这一切不能简单地用失忆来解释了！我一直在怀疑是自己记忆出了问题，但如果反过来说，是这周围的一切出了问题呢？

我用手肘撑起上半身凝视着绿湖，它依然用沉默回应着我，就好像是睡着了一样。

绿湖并没有给我准备一把解决问题的钥匙，我只是在这儿猛然想到了钥匙可能藏匿的地方。

大约中午十一点多钟我回到了家，段琴正在客厅等我。我以为她在看电视，可当我发现屏幕上播放着的居然是她最不感兴趣的体育节目时，顿时明白了其实她整个上午都在为我担心。

“我正准备炒番茄。”她笑着对我说，“哦，还有，咱们下午两点去见鲁大夫，他是心理门诊的主任。我问过梅小妮的妈妈，她觉得这位医生很不错，一定可以帮助我们。”

“好的，咱们午饭后早点出发吧。”我拍了拍她的背安抚到。

段琴带着一丝欣喜去了厨房，我随意把目光移开，落在正前方的大水族箱上，却突然轻轻地“欸”了一声——我发现水族箱里的小丑鱼们好像少了几条，跟之前相比显得空荡荡的。

我凑近玻璃外壁，看着里面的那些小家伙游来游去，于是伸出指头点它们的数量……一共只有八条了，加上那灰色的怪鱼也才九条，可我记得三天前明明是十一条鱼啊。

我伸手进去拨弄开水草，想看看有没有调皮的小鱼躲在那儿，但结果却让我失望。

怎么突然就不见了？难道是死了被捞出来了吗？可是佳玲一点儿也没提到过……

我迷惑地摇着头走进厨房，看见段琴在煎锅前忙来忙去。我顺手拿起一个苹果咬了一口，问道："阿琴，你看见咱们的鱼了吗？"

"什么鱼？"

"小丑鱼啊，好像少了两条。"

"哦……"段琴漫不经心地说，"我倒没注意，照顾它们的是你和佳玲吧。"

我有些惭愧地笑笑："这两天我确实没管它们，真是抱歉，不过佳玲倒是很尽职。她没有跟你说过这事儿吗？"

"没有。"段琴尝了尝炒出的番茄汁，"可能是你记错了吧？佳玲很喜欢'尼莫'们，如果真的少了一条她一定会闹得咱们脑袋爆炸的。"

这倒是，可我相信自己前天看到的小丑鱼们确实要多一些，难道是小公主把她的宠物偷偷拿去送给朋友了吗？

我咬着苹果走出厨房，看着水族箱里快活的鱼儿，它们还是界限分明——小丑鱼们在一端聚集，而灰鱼则孤单地待在一旁。它可能是有些妒忌了，时不时地冲进小丑鱼中间，一张一翕的嘴巴好像是发出了威胁，又像是在嘲笑。

我知道这或许有些滑稽，可我确实觉得这条灰色的鱼带着一种咄咄逼人的态度，似乎很喜欢戏弄小丑鱼，喜欢看它们惊慌失措的样子。当我注视着这个古怪的"客人"时，总觉得它那双黑色的小眼睛里有些让我不寒而栗的东西，暧昧而朦胧的红色从黑漆漆的瞳孔深处蔓延出来。它仿佛从玻璃后面机械冷漠地观察着我，嘴唇上还带着冷笑一般的幅度。

我打了个寒战，猛地意识到我好像想不起自己怎么把这家伙从绿湖钓起来带回家了。

这几天发生的事情已经让我不再对细节上的失忆有太多惊诧的反应，我一边咬着苹果，一边认真地考虑要不要把奇怪的灰鱼送回绿湖。

我以前没看过心理医生，这是实话——一个家庭幸福的男人除了偶尔会在工作上有些烦恼之外，并没有对人生产生什么困惑，更不至于抑郁到行为出现偏差的程度。所以我面对可亲得如同弥勒佛一样的医生还是感觉陌生而且不自在。

好在谈话的过程很轻松，我觉得那张舒服的沙发起了很大的作用。大夫的声音也很平和，我如同聊天一样地谈了最近遇到的事情。然后他并没有给出答案，只是跟我约了下次诊疗的时间。

随后鲁医生走出了房间，我独自躺在沙发上，估计这段时间里他是去和段琴商量我的“病情”了。

“现在你要先回家吗，大鱼？”段琴在走出医院的时候问我，“等下幺幺就放学了，我得去接她。”

“我去吧。”

“你不先回去休息一下吗？”

“哦……我感觉没那么累，用不着紧张。”我捏捏她的手，“你还有几张插图没完成，我去接她吧。别忘了晚上做点好吃的。”

我看得出段琴并不情愿，但她还是同意了：“好吧，早点回来，鲁大夫给你开了点舒缓情绪的药，得饭前吃。”

“我会的。”

她还要去一趟超市，所以我把车钥匙给了她，自己则沿着街道慢悠悠地向佳玲的学校走去。

从诊所到绿湖镇小学步行需要三十分钟，路上的人依旧很少。或许是天气阴冷的缘故，路上几乎没有什么人，加上我没有走在主马路上，周围更是静得可怕。头上的乌云跟昨天一样浓重，也没有风，我可以听见自己的脚步声，平常四处乱窜的野猫都不见了，好像这条林荫道上只有我一个活的生物。

我一边机械地迈着步子，一边在回忆关于洛华和胡倩的点滴，不知不觉就看到了学校高高的钟楼。

绿湖镇小学的一到六年级是在一个校园里，但低年级的是新楼房，比较靠近大门，所以我每次接佳玲都会在正门外停车。因为今天走的是小路，所以我先看到了高年级的教学楼。

老式的砾石围墙外栽种着柏树，墙上还有一个满是绿锈的古老铜牌——“求精小学”。

是啊，几乎所有人都忘记了，绿湖镇小学原本始建于民国，在我读小学的时候，校舍是有着一百年历史的老建筑，后来因为一次雷电击中了房顶引起火灾，才又建了一部分新校舍。而老建筑则在维修后被空置了，后来又宣布要改建成一个小型陈列馆。

我看看手表，现在距离放学时间还有一会儿，于是就朝高年级教学楼后面走去，不一会儿便看见了红色的两层小楼。

这里处于围墙延伸不到的地方，作为公共陈列馆，主楼的一楼已经装修好，而曾经是我童年教室的侧翼房间却被封闭起来了。我从荒废的小路来到教室的外边，仰头看着那些钉上木条的窗户。

记得当年我就坐在这个窗户旁边，趁数学老师讲解难度最大的乘法时朝外面看。当然了，我的数学成绩很好。不过她并没有因此而放过我，还是会严厉地提醒我专心。

我突然萌生了要进去看一看的念头，而且立刻付诸实施。

这对我来说并不困难，因为我知道在侧翼和主楼拐角的地方有水管可以爬到二楼，然后顺着通风孔就可以进去了——在我升上六年级之前常常这样干，为了偷偷跑出学校享受自由时光。尽管现在我的身体已经大了不止两倍，但要通过宽大的通风孔也不是不行。

我把外套放在窗台上，然后攀着水管来到熟悉的通风孔，腾出一只手转动几颗生锈的螺丝，把方形百叶窗卸下来，然后像掏蜂蜜的棕熊一样，把上半身探进去，慢慢地挪动了几下，就看到了另外一个百叶窗。我按照刚才的方法很轻易就弄掉了它，然后从通风孔里爬下来。

尽管我穿着深色的衬衫和结实的牛仔裤，可是厚厚的灰尘还是把它们搞得一塌糊涂。我顾不上拍一拍，注意力完全被这个房间吸引过去了——这是我曾经熟悉的教室，我和另外二十三个孩子一起度过了快乐的童年。

现在教室已经完全被封闭了，两道门锁得死死的，不算明亮的阳光从窗户上的木条儿缝隙里射进来，形成了一道道光的屏障。

破旧的课桌椅一半歪歪斜斜地摆着，另一半被堆砌在墙边；黑板上残留着模糊不清的粉笔涂鸦，看不清写些什么；放清洁用品的橱柜门都不见了，一个头儿已经不见了的拖把棍倒在外边；墙上还有从前的粉蓝色装饰画框，我记得那是关于诚实的童话。

室内空气中充满了霉味，还有尘埃的气息，每走一步都听见细小的沙砾被鞋底磨得吱吱响。这和我记忆中的温暖、明亮的教室实在是相去甚远，我清晰地感受到了时间流逝的力量，突然间觉得无比伤感。

我找到自己曾经的位置——第四列的第二排，我一边抚摸着那布满灰尘的桌面一边在脑海回忆同学的座位。这对我来说虽然有些困难，但并不是做不到。曾经流鼻涕的小矮子们现在都已经长大了，可我还是能把那些严肃的面孔和现在脏兮兮的空位子联系起来。

就在我把目光落在后排的位子上时，发现那些课桌已经被堆积在了墙边，谭圆圆、小包子、眼镜王的位子都没了……哦，还有一个人，一个坐在最后边的女孩子。

我按着额角，眼前好像浮现出了她又大又圆的眼睛，还有扎在两边的羊角辫，她仿佛就站在那里面无表情地注视着我。那张稚嫩的面孔非常美丽，嘴角有颗特别的红痣，让我感觉很熟悉——这熟悉感和别的人并不一样，就好像我并没有和她在一起学习、生活过的经历，但我能肯定自己认识她。

我的头又开始痛了，手心也在出汗。而那个女孩儿好像就站在阳光后面的阴影处安静地看着我，等着我把她的名字说出来。这时另外一张成年的面孔忽然在我脑子里闪过，她们有着极为相似的轮廓和眼睛，还有一模一样的红痣，我几乎脱口而出——“胡倩”！

对了！就是她！当年在我们的班里确实有个叫胡倩的女生，难怪那天晚上罗超杰说我和他太太是小学同学。不过我对她只有从一年级到四年级的记忆，再往后我就再也没见过这个人了，哪里来的什么我们高中时是“恋人”……

在我脑海中的胡倩，其实在10岁的时候已经因为先天性心脏病而去世了，她永远都没有办法毕业。我小时候非常喜欢她，也幻想过她长大后会有多么漂亮，甚至想要让她当我的女朋友，和她结婚。可她死了，再也没有办法活过来了……

我扶着肮脏的椅子坐下来，因为发软的膝盖再也无法支撑沉重的身体。我在空旷的房间里颤抖，却不是因为寒冷。在这个充满了回忆的地方，我成了一个被摒弃在现实之外的人。我浸泡在那种因为陌生而带来的恐惧中，它们就像房间里的霉味一样将我包裹，把我拖向一个黑洞。

我再次望向胡倩的位置，那空荡荡的地方并没有女孩儿的幻象，但似乎有双眼睛在黑暗中睁开，注视着我。这感觉我前两天也体会过，当我一个人站在雾气弥漫的公路上时，当我浑浑噩噩地睡在床上时，这被窥视的感觉都会从角落中蔓延出来，让我不寒而栗。

此时隐隐约约的电子铃声从外面传来，划破了空气中的静谧。我抬起手表看了看：已经到了佳玲放学的时间，我得去接我的小公主。

大概是翻出通风孔花了点时间，加上我又得稍微整理一下仪表，所以当我快步绕过围墙，朝学校的大门走去时，很多孩子已经被接走了。

高年级的孩子们三三两两离开校园，而低年级的则和老师站在一起，叽叽喳喳地互相打闹。不断有家长领着自己的孩子离开，等到我气喘吁吁地赶来时，只剩下一个头发乱糟糟的男孩儿和我的小公主了。

“对不起，幺幺。”我充满歉意地对她说，“我没开车来，咱们也许可以散散步。”

佳玲皱起眉头看了看我：“爸爸，你在路上摔了跟头吗？瞧你衣服上的灰，还有你的头发……太脏了！”

我狼狈地笑了笑：“实际上我摔了两下，你知道，大人长得太高了，常常看不清楚脚下的东西。”

佳玲同情地望着我，表示她很理解。

我对佳玲的老师说了谢谢，她是一个很和蔼的中年女性，有一双细小而温柔的眼睛，佳玲非常喜欢上她的语文课。大概是我的样子确实太奇怪了，连她的嘴角也挂着极力掩饰的笑意。我心中一动，走上去和她攀谈了几句，说了一些佳玲的情况，然后又提到我过去在这里上学的事情，并且遗憾地表示自己的同学录已经遗失了。

“哦，这完全不用担心，佳玲爸爸。”她安慰我，“镇上不管小学、中学，每一届学生都有资料，可以来学校查找，复制都可以。”

“太好了，谢谢您，刘老师，到时可能我会拜托您帮忙。”

“不用客气，孟先生。”

一只小手偷偷地拉了拉我衣服，我低下头，看见佳玲苦着一张脸：“我饿了，爸爸。”

“好的，幺幺，我们马上就回家。”

我们和老师告辞，沿着人行道往家里走。

我牵着小公主的手，在路上给她买了一个慕斯蛋糕，她愉快地用舌头舔嘴边的奶油，看上去就像个小天使。

“吃太多甜食会变胖的。”

“哦，关于这个我觉得将来再考虑吧。”佳玲得意地对我说，“其实我每天都参加舞蹈队的训练，我的热量补充与消耗都很科学。”

这话充满了理性，简直像个学霸。

我笑起来，摸摸她的头发。但随即想起来的一件事情让我心里微微一动，就像飘过了一片阴影。我忍不住用开玩笑似的口气问道：“对了，你认识了新朋友，是吗？”

“是啊，安安、亮亮，还有柯少奇……很多很多！”

“我看见咱们的‘尼莫’少了两条，只有八条了，怎么，你把宠物送给新朋友了？”

“哦，爸爸，我不会把‘尼莫’们送出去的！而且，我们的小丑鱼本来就只有八条呀。”她笑着对我说，嘴角有一小块洁白的、刺眼的奶油。

我喜欢的宠物是那种带有柔软长毛的大狗，比如圣伯纳犬，或者是饭饭那样的金毛猎犬。可是因为段琴对狗毛和猫毛都过敏，所以我一直都没有行动。佳玲则没有跟我提过想要养猫养狗，现在倒很愿意照顾水生动物，我猜实际上她更喜欢观赏型的宠物。

我靠在沙发背上，直勾勾地盯着那巨大的水族箱，柔和的灯光从底部透上来，把水照得绿茵茵的，那些增氧装置制造的气泡不停翻滚、上浮，在水面爆出一个接一个的水花。小丑鱼橙白相间的身体挤在一起，徒劳地在玻璃缸上撞来撞去——它们在逃避身后的那条灰色怪鱼，我能感觉出来。

但是它们无法避开，那层透明的屏障挡着它们、拦着它们，即使再害怕也逃不出去。更可怜的是，它们始终也不会明白到底是什么东西在阻止自己，甚至不知道即使有可能打破屏障，外边的世界也不见得是天堂——出去对它们来说只会得到更可怕的“死亡”。

我的肌肉僵硬，鼻子里老是闻到旧教室中那股霉味，恐惧好像尾随着我，从那里一直来到家中。我不能说出我在害怕什么，因为我担心一旦说出口，隐形的恶魔就会显现出来，吓到段琴和佳玲。

我朝厨房的方向转过头，看见段琴和佳玲在备餐台前一起削马铃薯，她们就好像生活在另外一个空间，无忧无虑。这时段琴抬起头来，正好对上我的视线，她的唇边绽放出一个微笑。我发现自己一个人待在客厅太冷清了，于是朝她走过去。

“大鱼，你饿了吗？”

“是的，不过看起来还得等一会儿。”我看着佳玲笨拙地使用削皮器，摇摇头。

“我已经弄好了韭菜盒子，”段琴指了指后面，“你要先吃点吗？”

“哦，不，我得让胃空出来，好尝尝佳玲的手艺。”

小公主抬起小脑袋，对我说：“爸爸，我今天第一次做饭，你要多吃一点。”

我真后悔回来的路上给她买了慕斯蛋糕，她吃饱以后就有力气插手妈妈的晚饭了，而我却得一直饿着。

“好，大厨们，”我说，“在你们完成前我想干点别的，可以吃的时候记得叫我，行吗？”

她们笑起来，佳玲有些不好意思地问：“你要做什么，爸爸？”

“看看储物间里有没有我的羽毛球拍，我和你乔勇叔叔好久都没玩那个了。”

“那顺便找找《绿野仙踪》，带插图的，硬壳子那本，我房间的柜子里都没有。”佳玲说，“爸爸，储物间中堆的东西太多了，老鼠们肯定很喜欢在里面安家，上次我的格林童话都被咬破了，千万别把纸的东西放在那里。”

我想到了另外一些被损坏的东西，勉强笑笑。

这时候，手机突然响起来，我连忙起身去接，屏幕上显示出鲍腾达的名字。

“喂，老鲍，太阳打西边出来了，啥事儿劳你给我打电话啊。”我跟老同学开玩笑，“什么，想约酒？”

鲍腾达的声音在电话那头瓮声瓮气，仿佛隔着什么薄膜，吐字也黏黏糊糊的：“老孟，坏消息——老乔啊，就是乔勇，刚去了……”

我一阵糊涂：“什么？老乔啊，他去哪儿？”

鲍腾达的口吻越发艰难了：“不是——老孟啊，乔勇死了。”

我倒抽了一口凉气，只觉得身上的血液一下子缩到了心脏，那拳头大的器官剧烈地跳动着，好像要爆炸了一样。我的耳朵里出现了蜂鸣般的声音，只觉得脚下的地面好像都绵软了，拉着我往下陷落。

“唉，总之，就是这样，守灵就在殡仪馆的福寿厅，这两天你有空就来送送吧。”

他似乎还说了追悼会的时间，但我根本没记住，最后甚至连他怎么挂断电话的都不知道，我似乎就那么举着手机僵立在原地。

“老孟……大鱼……”

耳边传来模糊的声音，我机械地转过头，看见段琴满脸诧异地站在身后。

“怎么了，大鱼？刚才打电话的是谁啊？”

我嗓子发痛，说不出话来，好半天才像个复读机一样把鲍腾达说的话传达给她。

“天哪！”段琴吃惊地捂着嘴睁大了眼睛，喃喃地说，“太不幸了，可怜的老乔，怎么回事？”

我木然地站在原地，几乎停止了思考。我看着段琴拨通了一个电话，然后她和那头的人说了很久，露出很悲哀的表情。接着她放下听筒，带着伤心的表情来到我身边。

“是车祸，大鱼。就在去市区的公路上，他的刹车出了问题，撞到迎面而来的沙土车。”

我不敢置信地看着她，甚至比接到电话那时更加震惊。

段琴拉住我的小臂，她的手冲过凉水，冰冷又有点湿润：“大鱼，我知道你肯定很难过，乔勇是你的老同学，你们一起长大——”

“不！”我忽然拨开她的手，嘶哑地说，“不对！这不对！”

“大鱼？”

我摇摇晃晃地走到沙发上坐下，双肘撑在膝盖上，双手抱着头，手指插进发中。

段琴连忙在我面前蹲下来，抚摩着我的后背：“大鱼，我们都很难过……”

我看着她，困难地问道：“告诉我，段琴，我们昨天才见过老乔，他不是很健康吗，他非常好！”

“是的，大鱼。可谁也不能避免意外呀，这是因为交通事故，谁都不希望看到的。”

“可为什么会是他？”我低声叫道，“他……乔勇，唯一一个告诉了我过去的人……一个不会说谎的人！”

“大鱼，他确实是个好人，可是——”

“你不觉得奇怪吗，段琴？先是范老师，然后是乔勇，我们亲近的人，他们都死得太突然了！”

段琴用一种怜悯的目光看着我，好像我的话只是一个任性的小孩子才会说的。

“大鱼，确实太突然，可是死亡就是无时无刻都存在的。任何时间、任何地点，阎王爷都有可能拿走我们的生命，这是我们无法反抗的！这是很正常的事情，虽然它非常残酷，让我们难以接受，但这没办法。”

我觉得不可思议，当段琴用她悦耳的声音说出这番话的时候，我竟毛骨悚然！

我没有办法反驳，我知道她说的都是真的，可这不对劲，不会这么凑巧！两个我不久之前还在聊天的熟人，就这样用最无法拒绝的方式离开了我，并且走得完全没有预料！他们都知道我丢失的记忆，那些秘密藏在这个小镇中，更藏在他们的脑子里！或许他们有我想找到的东西，或许没有！可是无论如何，我都没有再向他们询问的机会了！

为什么只有我觉得这一切透着古怪呢？为什么段琴会如此平静地接受这些噩耗？为什么她和其他人都感觉不到恐惧？

我抬起头来，妻子的眼睛里透着担忧和不安，而佳玲站在厨房门口，一手拿着马铃薯，一手拿着刮刀，她平静地望向我们，根本不明白到底发生了什么事。

房间里安静极了，静得只听见我沉闷的喘气声。我突然跳起来，胡乱抓起车钥匙跑了出去。

段琴着急地在我身后叫道：“大鱼，你去哪儿？”

“兜风！”

我没有回头看她和佳玲的脸色，一心只想离开这个地方。

第五章 死神巡猎

我很少晚上出来兜风，因为我讨厌浓重的黑暗，路边的景色在这种情况下一点也看不到。而且晚上没有清脆的鸟鸣声，只有该死的发动机噪音伴随着我。

可今天我不得不选择这样的方式让自己冷静，我想开着车远远地离开，离开我的家，离开绿湖镇。这里的一切都陌生得让我害怕，我无法掌握自己的生活，有什么东西如同橡皮一样擦去了我的回忆，然后写上新东西。我惊慌地嗅到了死亡的气息，就好像淡淡的腐臭的味道从某角落里散发出来，却找不到准确的位置。

我握着方向盘，看着车灯射出笔直的光柱，而更远的地方是模糊一片。我也不知道怎么上了高速，等我意识到自己已经远远开出了绿湖镇的时候，反射着车灯，光亮的指示牌提醒我距离两江市还有七公里，我只要在前方出口下去就能到达两江市区，随着车逐渐靠近，指示牌越发清晰。

我松了松油门，然后又狠狠地踩下去——是啊，到两江市去，让我去做点什么，去酒吧喝几杯、看场电影……任何可以消磨一个夜晚的地方都行！我不想待在绿湖镇了，我不知道留在这里我会做出什么疯狂的事情来。

黑色的公路在我眼前延伸，灯光照到的地方逐渐出现了一些稀薄的雾气，周围没有别的车辆，也看不到绿化带，我像傻子一样朝前开，忘记了时间。绿湖镇被我远远抛在了后面，可我知道我不能把烦恼也甩掉，我看了一眼后视镜，里面陌生的眼睛投来无奈和恼怒的眼神，我不高兴地把它稍微转开了一些。

我播放着“枪炮和玫瑰”的专辑，不知不觉中已经进行到了最后一首歌 Sympathy For The Devil，当鼓点响起来的时候，我猛地出了一身冷汗！

等一等！

每次我听着这张专辑去两江市，在结束的时候就已经下高速公路了，那个巨大的广告路标上贴着我们公司的新楼盘广告，特别醒目。我看到这个广告就会关上音响，减速，准备进入市区。

可现在我依然身处在黑漆漆的公路上，主城如同繁星般的灯光完全不见踪影。我看了看仪表盘，现在是时速一百公里，比平时快，我应该提前进入两江市才对。

难道我走错路了？

不可能，我闭着眼睛也知道该怎么走。

前方终于出现了一点模糊的灯光，在大雾中显现出柔和朦胧的形状，是我熟悉的进入市区前的大广告牌。我松了口气，稳稳当当地朝那个方向开去。等到那灯光越来越近，近得足以看清楚每一个细节的时候，我却好像掉进冰水里，不由自主地踩下了刹车。

这块指示牌是那么眼熟，毕竟我几分钟前刚刚看到过，就是它告诉着我距离两江市还有七公里！

我跳下车瞪着这个东西，空旷的高速公路上静悄悄的，唯有驾驶室里的音乐声飘荡在身后。我知道高速上正常情况不应该停车，我更不应该下车，但此刻我管不了这么多了。雾气翻卷着扑过来，我忽然转身，抓起挡风玻璃后面的那个狗熊形状的车载香薰放在标示牌下，然后再次发动汽车朝前开去。

我拼命踩下油门，以从未有过的速度在黑暗中奔驰着，朝着前方没有一点转弯的公路前进。专辑什么时候播放完毕了我也不知道，时间在这个时候已经没有丝毫作用，我要去的地方不再是两江市，去哪儿都已经不重要了——我需要的是一个亟待验证的答案。

终于，我用更短的时间第三次看到了一模一样的指示牌，以及下边的那个……狗熊形状的车载香薰。

我刚刚经历的不是在做梦，我真的又回到了原地。

佳玲曾经给我看过一幅图片，据说是段琴从作画素材中找到的，无意间拿给她玩儿。小公主好奇地举着画片问我为什么蚂蚁在扭曲的八字形纸条上爬来爬去，不知疲倦的样子。

我很难向一个不到六岁的孩子解释莫比乌斯环的意义。我该怎么跟她说三维欧几里得空间中这种奇特的二维单面环状结构？我只能告诉她这个环是一个怪圈，无论蚂蚁怎么爬都没有尽头，它们可以从一个面爬到另外一个面，却不能从起点爬到终点。佳玲似懂非懂地想了想，随后还自己做了一个，并且用蜂蜜水在纸条中间画出一条线，然后就兴冲冲地跑到花园里捉蚂蚁去了。

我也不知道她是不是真的明白了莫比乌斯环这个数学问题，可是我清楚现在自己就是那环上的蚂蚁。从离家以后，我就能肯定自己虽然愤怒却头脑清醒，足以分辨现实和幻觉，所以我不得不告诉自己，绿湖镇出了问题——这里，我生活的地方已经成了陌生的迷魂阵，原本正常的一切都被神秘力量改变了，而意识到变化的只有我！

真的只有我一个人吗？

我把车调转方向重新向镇上开去，雾气越来越浓重，镇上大部分建筑已经熄灯了，整个绿湖镇像死亡了一般寂静。

当我最终开回到那个熟悉的花园洋房前停下来时，一盏橘黄色的灯在门口亮着，它的光温和地穿透了雾气。有个纤细的身影站在灯下，抱着手臂来来回回踱步子。我刚下车，那个人一下子冲到我怀里，紧紧地抱住我。

“你去哪儿了，大鱼？”段琴哽咽着说，“你这个混蛋，怎么突然就冲出去，手机也没带！你知道现在几点了吗？三个小时没有消息，你想让我发疯是不是？”

我环抱着妻子的身体，她冰凉的脸颊让我隐约有些内疚。我尽量把她裹进外套里，想让她暖和一些。

段琴抚摩着我的后背，慢慢平静下来，我有点冲动地想向她道歉，可是最后却只是用力搂住她。段琴死死拉住我的手，不容反抗地将我拽回到房间里，夜晚的寒气都被她“砰”的一声挡在外面。

第二天我很早就醒了，倒是段琴还闭着眼睛辗转反侧。她睡得很不好，可能还在做噩梦——我从她紧紧皱着的眉头就能看出来。

透过窗帘可以看到惨白的晨光，朦朦胧胧地照亮了房间。我轻轻地起身，走到楼下厨房，从冰箱里倒了一杯冰水，然后坐在沙发上，思考着究竟要不要去参加乔勇的“葬礼”。

我并不害怕，只是感觉到不可捉摸的虚无。昨天晚上，我在恐惧中终于认清了绿湖镇变得多可怕。我混乱的记忆和周围无缘无故的死亡或许都在被不可名状的神秘力量操纵着，它破坏了我的生活，可是我并不知道它这样做的目的。我想离开这儿，离开绿湖镇，“逃”是我最本能的反应。

可是我该怎么劝说段琴和佳玲呢？说因为我发现这个地方很危险？还是告诉她们周围不对劲？她们一定会认为我疯了……为什么她们觉察不到绿湖镇的异常呢？

“大鱼？”

段琴在厨房门口叫我，她穿着睡衣，头发蓬乱，眼睛下有浓重的阴影——看来昨天晚上她休息得很不好。我有点愧疚，站起来打算给她冲一杯咖啡：“为什么不多睡一会儿？”

“不，睡不着了。”她淡淡地笑了笑，“大鱼，你感觉怎么样？”

“什么怎么样？”我含糊地回应道。

段琴小心地看着我的脸色：“你知道，今天下午我们得参加老乔的葬礼……”

“是的，我们得去。乔勇是我的老同学，我们是好朋友。”我絮絮叨叨地回答她，这也是在说服我自己。

我看着咖啡机里流出的棕色液体：“……段琴，我们去旅游好吗？”

“嗯？”

“我说，这次送完老乔过后我们出去玩一段时间，怎么样？去远一点，可以到泰国，或者巴厘岛……你想去吗？”

“度假吗？”

“对啊，好好度个假。”我带着一种不正常的热切鼓动她，“你不是很想再去一次日本吗？我们度蜜月的地方，我们现在可以带上佳玲，她会喜欢那里的。我们带她去买神奇宝贝……”

“大鱼，我们当然可以出去走走，我相信那对你有帮助。”段琴微笑着握住我的手，“这段时间发生了太多的事情，我知道你心里难受。可是，大鱼，我们突然出去的话，你的治疗怎么办？还有佳玲，我们得提前去和老师请假，会耽误她的学习……”

“治疗不重要！佳玲也只是请个假而已，没什么大不了的！现在正是时候，段琴，我们的生活得有点变化，我们可以试着到别的地方生活……生活一段时间。”

“大鱼，你是说度长假吗？”

“也许一周，也许半个月！段琴，走吧，你决定了我们就可以动身！”

她看着我，并没有像我一样激动，只是温柔地按住我的手，但眉毛皱起来，显得很憔悴。“大鱼，大鱼，等一等。”我的妻子对我说，“别这样，你不像是去度假，倒像要逃亡。”

我全身一下子僵硬了，就好像被手中的冰水从头浇下来。背后的咖啡壶传来咕噜噜的声音，我咧了一下嘴角，把手抽回来：“咖啡好了，还是给你加一块糖？”

追悼仪式了无新意，黑色的人、黄色和白色的花、窄小的骨灰盒，死者等待沉入黑暗，而生者落下眼泪，作为那个离去的人在世间最后的证明。

“送客黄”在说什么我完全没有听见，我就好像是一个游离在悲伤之外的冷血怪物，看着熟人们黯然落泪，却觉得这场面滑稽无比。如果说我现在伤心，倒不如说我在怀疑——经历过昨晚的循环，对于死亡我觉得有些不真实，就连那骨灰盒里是否真是我的朋友，我都不能肯定。

老同学们聚集在停灵的大厅里，向着乔勇的遗体鞠躬，我看到鲍腾达在抹眼泪，魏庆站在他旁边拍他的肩膀，罗超杰和他漂亮的妻子神情肃穆地凝视着鲜花丛中的冰棺……然后他们坐到家属身旁，一边喝茶一边回忆老乔生前的种种往事。

这么突然的车祸、这么仓促的处理，竟然没有一个人提出质疑？甚至连乔勇的家人也接受了吗？我冷冷地打量他们——他的遗孀戴着口罩，看不出表情，两个双胞胎女儿也只是牵着母亲的衣角，木然地坐在那里。

当悼词念完后，我和段琴就离开了。我这次不打算去参加落葬仪式，但送葬的时候我还是悄悄地一个人来到了公墓，远远地看着老乔的家人们完成了仪式，陆陆续续离开，我才慢悠悠地来到了老乔的墓碑旁。

天色很阴暗，乌云比前两天更加浓重，大家都离开了，除了最后检查墓穴盖板的工人之外，就我一个人站在原地，一阵凉风吹来，青草味和土腥味都钻进我的鼻子。

“看起来快下雨了啊。”一个工人边收拾工具边对我说，“这里马上就要完工了，先生，还不走吗？”

“雨水会破坏新坟吗？”我问道。

“哦，没什么太大的影响。这些墓穴的密封性相当好，而且我们还要打胶。”另一个工人指着墓碑周围向我解释。墓穴的盖板安装好以后，工人们把花和草皮铺到旁边，随后便收工了。

我远远地走开，到范老师的坟墓前徘徊了一阵，她的墓碑离乔勇大约有三四排，墓碑周围同样簇新。等到工人们陆续离开以后，我又重新回到我的老同学身边，并在他的墓碑前蹲下，用手指一寸寸地描绘着他的名字。

我记得他的腿骨折过，身体里一直留着钢钉，我还记得他做过金属种植牙，当时我还吐槽过他……有些遗体火化之前，会把植入物取出来，但有些深入体内的，取出需要剖开遗体，有些家属就会放弃。

无论如何，骨灰不会骗人，我有了打算……

头顶的云层中似乎有极细的光丝蹿过，预示着即将到来的大雨。

临近午夜的时候，稀稀拉拉的雨点儿完全转化成了瓢泼大雨，它们完全撕下温情脉脉的面纱，疯狂地砸向地面。玻璃和纤维瓦被敲得砰砰响，哗啦啦的水声漫过了一切充斥了我的耳朵。闪电并不亮，雷声也很闷，似乎乌云悬得很高，只有那些雨充斥在我的周围。

我踏出房门的时候，雨的声音瞬间大了几倍，我的脸立刻湿了。雨衣完全没有用，冰凉的水找到一切空隙钻进我的衣服，夺走我的体温。

我钻进车里，砰地关上门，丝毫不担心段琴和佳玲发现我出去了，因为适量的安眠药会让她们睡得很熟，而我肯定自己会在天亮前回来。

在这样恶劣的天气里几乎没有人外出，我开车来到墓地外，一路上没有碰到任何人。而在平静的绿湖镇，公墓的看守并不严格，只在大门外有一处监控，而值班的人已经在入口处的小屋里呼呼大睡，他很放心没人来这里做一些亵渎死者的事情。

我从后备厢拿出手电筒、铲子、撬棍，轻松地翻过低矮的围墙，进入了墓地，在大同小异的墓碑中寻找着属于乔勇的那一个。

雨点密密麻麻，水流过我的眼睛，模糊了视线，手电筒的光线在我手的指挥中乱晃，扫过一个个墓碑上的肖像。我似乎在沉睡者中间穿行，一不小心就会惊醒他们。我耳朵里满是噼噼啪啪的声音，似乎还夹杂着别的，我辨认了一会儿才发现那是自己的心跳和呼吸。

白天清晰的坟墓位置在夜晚变得不可分辨，我好不容易才找到了乔勇的位置。墓碑前的花已经被暴雨打得七零八落，我又用手电筒照着确认了一次名字，在心底说了声“抱歉”。

我将手电筒放在旁边的墓碑上，好腾出手去拿铲子撬开那个封闭的石板——我的手心已经全淋湿了，皮肤冰凉，不知道里面是否还有自己的汗水。然后我深深地吸了一口气，握紧铲子，找准了缝隙，用尽力气狠狠地插进去。

那个工人说得很对，这墓穴密封性很好，非常难撬动，我用尽了全身的力气，才让它松动了一点儿，我把铲子插在那里，然后去拿撬棍。

我闻到一股强烈的土腥味，它就来自那条细细的缝隙。这种味道让我发抖，它们仿佛环绕着这里的死者几十年了，而现在又笼罩着我，即使是大雨的气息也无法掩盖它们。它们随着我撬开的缝隙加宽而变得更加浓烈。从微弱的灯光里我看到自己的发梢和鼻尖不断地滴水，口腔中呼出隐约的白色薄雾。大概是害怕与紧张让我的体力更不够用，我逐渐感觉到疲惫，如同我的身体在不断地沉入地面，也要被埋葬。

天上的雷声轰隆隆地滚过我的头顶，闪电隐藏在厚厚的黑云中，只是偶尔把周围染成浅亮的灰色。我喘着粗气停下来，现在我站直身子，刚好能看到地平线。我不敢相信自己居然在黑暗中搞了那么久，现在我累得无法动弹了，而且需要一些光。

为了更好地用力，我跪在地上，顾不上掀开草皮后的泥泞，身上脏得就像是一只鼹鼠，鞋子也湿透了，沉重的墓穴密封板被挪到旁边，土腥味儿让我想呕吐。手电筒的冷光给了我一丝勇气，我擦擦腕间湿淋淋的手表表盘，指针显示着现在的时间是凌晨三点。我想去拿手电筒，但在抬起头的那一瞬间，我的心脏都停止了跳动——

有一个黑影正站在墓碑的旁边！！

它站在那里，即使在黑暗中也显得那么清晰，让我几乎没有任何怀疑地就断定：那是一个人。

我僵硬地趴在地上，腿软得没有力气，恐惧成了我唯一的感觉。我被抓住了吗？怎么办？是逃走还是恳求？他会报警吗？

各种念头一下子涌了出来，我本来已经绷得紧紧的神经几乎快要断了。

就在这个时候，一道暴烈的闪电突然撕破了云层，照得下面亮如白昼，那个黑影霎时间在白光中显露出了轮廓。

“你在干什么，小孟？”黑影用范老师的声音冲我喊道，“为什么要挖开老区和饭饭的墓？”

我一定是在做噩梦，一个疯狂的、毫无逻辑的噩梦！一个死人在和我说话，“她”穿着雨衣，脸色如常，甚至和活着的时候一样面带惊愕，而这惊愕让它更像一个活人。

闪电一个接一个地亮起来，好像突然主动地帮我看清楚面前的一切，提醒我这不是幻觉。我用手电筒照着对面的“东西”，“它”颇为不悦地朝我走过来，继续责问道：“孟之渝，你在干什么？为什么要挖墓？你疯了吗？”

“别过来！”我突然抓起撬棍做出防卫的姿势，“不要靠近我！你……你是谁？”

“她”好像有些害怕，站在了原地，却用非常疑惑的口气反问道：“你怎么了啊，小孟？我是范老师，你的高中老师，咱们认识多少年了！”

“她”干脆揭下雨衣的帽子，露出那张熟悉的脸。

“不！不是！”我神经质地摇摇头，挥舞着撬棍，“你已经死了，前天才死的！我参加了你的葬礼！”

“小孟，昨天在这里举行的是饭饭的葬礼！死的是我的狗，我的老朋友饭饭，你也认识它，它很喜欢你的！我把它的骨灰和我老公放在一处，这是早就安排好了的呀！我们俩说好了，将来饭饭也要陪着我们……”

我狂乱地摇头：“不！这是乔勇的墓，他死了！是昨天的车祸……”

“孟之渝！”“范老师”愤怒地叫起来，“你别再胡说了！看看墓碑上的字，这是属于我老公的！你半夜到这里来究竟是想做什么？”

我把手电筒的光移向那个墓碑，上面的确刻着师公的名字，生卒年月，还有一张镶嵌的照片——一个头发花白的小老头，很和蔼地笑着，而右边则是一片空白。在下方的中间位置还有一个簇新的狗骨头，一看就是新雕刻上去的。

“范老师”继续生气地唠叨：“我可真没想到你会做这样的事情，小孟……太过分了，你怎么能做这种事……瞧瞧你的样子，活像个贼……我原本担心雨太大，封胶渗水想过来看看，一出门又发现手电筒坏掉了，却一点也没想到会碰上你……”

我开始发抖，“她”发出的声音我一个字也听不进去，雨水冲刷着我的脸，从领口到胸膛也全湿了。突然，我甩开手里的撬棍，用尽全身力气推开盖板。

“住手！别动老区和饭饭的坟墓，浑小子……”旁边传来的叫骂声我一点也不想听，趴下去拿着手电筒就往墓穴里照过去。

在我发抖的手电筒灯光中，我看到了一个青色的瓷坛子，有一定年头了，旁边是一个很小的木头盒子，上面放着一个让人非常眼熟的项圈，骨头的造型还闪亮亮的。

我跌坐在泥泞中，土腥味儿变得更加强烈，我的胃液翻涌，忍不住干呕起来。

我费劲地站起来，“范老师”立刻过来严厉地斥责我，我的耳朵嗡嗡作响，只看见“她”一张一合的嘴巴，而远处是蛇一样蹿过天际的闪电。我的眼睛被雨水糊得睁不开，脑子里空白一片。手电筒丢在了墓穴里，我在原地转了一个圈，只能借着闪电看清周围林立的墓碑。

这个位置是乔勇的墓，没有错！绝对没有错！我白天记得很清楚，之前也确认过！我没有弄错！可是……

我把目光落在盯着我的那个“人”身上，“她”的眼神是那么的陌生，犹豫地叫着我的名字走过来。我猛地转身朝山下跑去，什么都没带走。

汽车还停在原地，我湿漉漉地钻进驾驶室，加大油门往家的方向开去。污水沾满了座椅，那可怕的土腥味像幽灵一样飘浮在我左右，但是我已经顾不上了。

我生活的小镇是地狱！这就是真相！我没疯，我应该相信自己的眼睛！

这个地方扭曲了，一切都不正常，我的模样、我的熟人、我的记忆……关于我的一切都在被什么东西操纵着！

半小时后，我冲进了家门，关上门的那一刻，坚固的墙隔绝了雷声和闪电，周围立刻从狂暴变为沉寂。我膝盖一软，跪在地毯上狗一样地喘着粗气。

现在我从头到脚已经没有一点干燥的地方，衣服像青蛙的皮肤一样粘在身上，汗水和冰冷的雨水混在一起，让我一阵阵打冷战。可是我不能松劲，那股该死的土腥味还阴魂不散地附着在我身上，我知道那一层薄薄的木门无法阻挡邪恶，只会突显出这个地方的脆弱。除非离开绿湖镇，否则没有一个地方能说是安全的——

我咬着牙站起来，跑上楼，粗暴地冲进卧室。

"快醒醒，段琴，醒醒！"我摇晃着沉睡的妻子，拼命叫她，"快起来，我们得离开这里！"

安眠药的效力让段琴好不容易才睁开了眼睛，她一开始差点尖叫，分辨出面前的人是我以后才闭上嘴巴。我想象我的样子在黑暗中看起来会非常狼狈，而她的表情则仿佛看到了一个怪物。

“我的天，大鱼，你怎么搞的？瞧你……你……你到哪儿去了？”

“来不及细说了！”我打开柜子，抓起几件衣服扔在床上，“快走，我们得离开这儿……拿上需要的东西……我去叫佳玲！”

“等等，大鱼——”

段琴尖锐的声音被我抛在身后，我来到女儿的房间里，她被我惊醒了，睡眼惺忪地爬起来。我给她穿好衣服，告诉她快找到自己最重要的东西带走。

“怎么了，爸爸？”小公主揉着眼睛问，“你看起来在泥浆里摔了一跤。”

“比这更严重！”我苦笑，“快点，咱们得马上走。”

她却没有动，只是抱住一只泰迪熊，用圆溜溜的眼睛看着我：“为什么？我想睡觉。”

“没时间了，幺幺，到车上睡好吗？”

“到底怎么了，爸爸？是火灾吗？”佳玲固执地缩到了床边，不满地叫道，“我哪儿也不想去，我明天还要上学呢！”

“孟佳玲，你少说两句！立刻跟我走！”我粗暴地吼道，用小棉被把她裹着抱起来。

佳玲好像被吓呆了，接着发出一声尖叫，开始大哭！我心头的火气和烦躁更是燃烧到了顶点，根本不想解释就跨出了房门。佳玲在我怀里挣扎着，段琴勉强套上外套，急急忙忙地把我拦住。

“别这样，大鱼！老孟！孟之渝！”她惊恐地拽着我的手臂，“你在干什么？你吓着她了！快放开她！”

佳玲的哭声尖锐地刺穿了我的耳膜，有一瞬间我真的想捂住她的嘴，或者打她两下，但是段琴制止了我。她看我的眼神简直就像在看一个暴徒——那里面的慌张、惊愕和畏惧终于击中我的理智，我松开手，佳玲立刻被她妈妈抱进怀里。

我呆若木鸡地站在原地，感觉到脖子上有点火辣辣的，似乎是佳玲推我的时候用指甲刮的。现在她缩在她母亲的怀里，肩膀抽动，而段琴则做出一个明显的戒备动作。我身上的力气瞬间被抽走了，一种强烈的自厌让我想吐。

我一拳打在门框上，佳玲用木条拼成的鱼形标牌碎成几块掉下来。窗户外的闪电照得我们三个人脸色发白。我突然觉得很无力，就好像溺水的人努力抓住一根救命的绳索，可是却发现这绳子也不过在随着波浪漂流。

段琴在佳玲耳边说了句什么，于是她跳到地上，一溜烟跑进了我们的卧室，关上门。

我手撑着窗台，疲惫从脚底蔓延到全身。我之前透支了太多的勇气和体力，现在那些带着妻子和女儿逃走的念头如同沾在我轮胎上的泥，已经被大雨冲走了。我则是一只又脏又破又湿漉漉的气球，被戳破了以后瘫在地上。

我扒下满是污水和泥的雨衣，靠着窗台坐下来。段琴小心翼翼地走到我身边，她伸手抚摸着我的头，温热的掌心让我发觉自己皮肤凉得像个死人。她没有问我到底去了哪里，没有问我为什么把自己搞得这么狼狈，她的脸上只有伤心……带着失望的伤心。

我拉住她的手，把脸贴在她的掌心里，她终于愿意靠近我，抱住我的头。

“大鱼，你怎么了？”段琴在我耳边说，“我担心你……你知道吗？”

“对不起。”

“你从来没对我和佳玲发过脾气。”

“对不起。”我再一次说道。

“你没来由地要求我们离开自己的家……有什么比熟悉的人一下子变得陌生更可怕？”

“是的，我明白，我完全明白……对不起，段琴……”

“该怎么样才能帮你？大鱼。”

我搂着她，尽力躲避着刺目的闪电和雷声，就好像这是唯一一个安全的地方。

“相信我。”我对她说，“无论如何，给我一个证明的机会，一定要相信我。”

“你要证明什么，大鱼？”

死亡？超自然的力量？我一时间不知道该说什么。

我抬起头望着她的眼睛，那里面不时被闪电照得雪亮：“证明我没有疯。”

段琴的手抖了一下，忽然笑起来了，我从来没有见到过她这样对我笑，仿佛带着一种少见的坚决。

“好，大鱼！”她轻轻地说，“我陪着你，从现在开始，无论你做什么我都陪着你。”

第六章 记忆同调

这个晚上，我没有再做什么。

我洗了澡，不再去管外面的一切，也不再担心天亮了会有警察把我从家里带走，我什么都不想了。段琴握着我的手直到我入睡，她说等我熟睡以后就去安慰佳玲。我点点头，安心地闭上眼睛。

大雨在太阳出来后便停了，佳玲第一次没有和我道早安就去上学了。没有警察来敲我的门，没有还魂的尸体来咬我的脖子，这个早晨平静之极。而我忽然有种感觉：如果我现在立刻去墓地，或许看到的将是完好无损的墓穴吧。

然而我没有时间去证实自己猜想。

我去地下室把同学录找了出来，又神经质地将一把匕首插在短靴里。吃早饭的时候，段琴的脸色如常，就和过去一样，仿佛我一会儿就要去出门上班。

我看着她熟练地收拾碟子，头发在清晨的光线中又多了一层金色的边，微微勾下的脖子像天鹅一样优美。一个玉佛在她的锁骨间跳跃着，仿佛有生命。

“你拿的那是什么？”段琴看见我把灰扑扑的册子放在旁边，在我身边坐下来。

“我的高中同学录。”

她看了看我，什么都没有说。

我把同学录翻开，每一页都散发着潮气和霉味，那些生疏的面孔在我们眼前飘过，然后我找到了那点缀着焦黑的几张照片。段琴捂着嘴，剧烈地颤抖起来。那几团污渍在我们俩中间散播着一种不祥的气息。

我一页页地翻过，固执地要段琴确认其中没有关于我和洛华的任何图像。在最后一页中我看到了一张同样陈旧的照片：那是刚入学的班级生活照，一群看起来闲散的孩子在范老师的带领下野营，每个人的面孔都很清晰。我仔细地看了看，苦笑着把它递给段琴。

我的妻子仔细拂去上面的污渍，喃喃地念出罗超杰、乔勇、魏庆、鲍腾达的名字，甚至辨认出有着霍真海的背影。

“但是……你在哪儿，大鱼？”段琴问道，“这是你的班级照片吗？为什么我看不见你……还有洛华？胡倩为什么每个照片里都很模糊？”

我指着左上角，那里有几个孩子正直起身子转向镜头，但一丛茂密的灌木遮住了他们，仅仅露出我熟悉的背影。那灌木扭曲伸展着，裸露着怪模怪样的枝干。

“大概在这里。”

段琴忽然扔下相片，急急忙忙地上楼，过了几分钟她又跑回来，怀中抱着一摞相册。她飞快地翻阅着，那一张张记录着我们相恋、结婚、蜜月和佳玲出生的照片上都有一个白皙的男人在幸福地微笑。但是段琴想找的不只是这些。

“没有……大鱼……为什么没有？”我的妻子皱起眉头，难以置信。这么多本相册里，没有一张我遇见段琴之前的照片。

“是啊，孟之渝的人生，难道是从遇见你开始的吗？”我拉住她的手，“虽然这并没有什么不好，可是这绝对不正常：我们家里不可能没有一点儿关于我过去的照片。”

段琴按住头，费力地想了很久：“我也想不起那些照片在哪儿……一点印象也没有。”

我拉住她的手，让她看着我：“我希望你能明白一点，段琴。现在我唯一可以肯定的是，我们周围有很多不对劲的地方，如果你和我开始调查，或者说证明我的猜想——那么千万要记住，相信你和我一起看到的。这太重要了！”

段琴点点头："你说吧，大鱼，把你这段时间觉得不对劲的地方都说出来，我想知道。"

"好。"我深深地吸了一口气，决定从头告诉她，从我那天早上看自己的脸开始一切就扭曲了。我能感觉出来，她在尽力地听我说，并且努力想要相信我，尽管很多内容对于她来说未免太荒谬了。

"在你的记忆里，罗超杰和胡倩都已经去世了？"她提高了声调，却并没有嘲笑的成分，"大鱼，这一年他们就住在我们身边，我们和他们一起参加过聚会，互相送过礼物，就在昨天他们还在葬礼上出现过。"

"段琴，在你的脑海里，他们作为我们邻居的记忆是很清晰的，对吗？"

"当然，就像我们每天都可以呼吸到空气一样。"

"那细节呢，比如浇花的时候闲聊过什么、一起准备了什么食物去野餐、哪个周末到对方家里做客……段琴，你能想起来吗？还是说，你只是感觉他们是邻居，有这种熟悉感而已……"

她闭上眼睛，迷惑地皱着眉毛："好吧，你能找到照片吗？现在我们的照片都在这里，如果是经常来往的老邻居，不会没有一张照片的。"

段琴苦笑着把面前的相册都合上："我明白了……好的，继续说。"

她的反应非常理智，我点点头："过去的人不对，记忆也不对，没有可以证明的实质性证据……我想这不是常理可以解释的。段琴，你上一次离开绿湖镇是什么时候？"

"我想想……嗯，很久了，这里的超市货物很齐全，我基本上就没有什么买不到的东西，我确实很久都没有去两江市了。哦，咱们上周去了绿湖，对吗？"

"是的，阿琴，这就是问题，你好像对于时间概念变得非常模糊了。"我又试探着问道，"范老师，还有乔勇，你能想起来什么关于他们的记忆？"

她低头认真地想了想："那是你的老师和同学，他们都刚刚去世。"

她的回答让我的心跳微微漏了一拍——这几天来，她的记忆第一次和我一致！我好像被注射了一针兴奋剂！

"阿琴。"我热切地拉着她的手，"和我去一趟墓地吧！咱们现在就去，去看看范老师和乔勇。"

她有些吃惊，却在我的鼓动下没有反对。我抱起那一沓相册和她急匆匆地出了门，其实我也不明白自己为什么会带上那些累赘的东西，也许在一片混乱中，唯有可以触摸到的一点点证据，能给我增加些信心和勇气。

昨夜的大雨把路面冲洗得非常干净，只是有些落叶还没有被环卫工人清理，低洼的地方还有些积水。我握着方向盘，看见稀少的行人就和平常一样按他们的生活轨迹前进，似乎没有什么可以改变。驾驶室里有一股很浓的土腥味，它们从被我弄脏的垫子上散发出来，又让我无法避免地想到了昨天晚上的噩梦。

我的胃部一阵恶心，却必须得对段琴微笑。她满腹疑虑地看了看那些脏兮兮的泥土，却没有问我。也许她在猜测这也是我昨夜失常的原因之一，而今天早上的那些照片让她不再轻易地否定我说的一切——我有些感激她的体贴和宽容。

越靠近墓地，那股土腥味就越浓烈，这或许更多的是来自我内心重新涌现出来的恐惧。我把车停在昨晚的位置，段琴跟在我身后，我们默然无声地走进了公墓。

我拉住了她的手，没有去看她的眼睛，尽管是明亮的白昼，我却好像重新陷入了无边的黑暗。

周围非常安静，雨水的味道和青草的味道还残留在空气中，还有那越来越明显的、泥土的味道……这里除了我和段琴，没有一个活人。离乔勇的墓穴越近，我的心跳就越快，简直快要猝死了。

我紧张地走到昨夜挖掘过的那个地方停下来，屏住呼吸，看着眼前的一切……

最近所经历的一切让我能够平静地面对所有东西对我的欺

骗，我看到过的花或许不是花，看到过的人或许不是人，看到的墓碑和骨灰，也许不是真的墓碑和骨灰。

当我站在应该属于乔勇的墓地时，我就是这样认为的——墓碑告诉我，被埋葬在下面的是范老师的丈夫区兵，而墓碑中间靠近底座的地方，则有一个明显雕刻痕迹的小小的狗骨头，代表着饭饭。

我清晰地记得昨天晚上我撬开了墓穴的盖板，所以里面的东西可以说无声地证实着墓碑的话。但我仍然固执地认为它们在欺骗我，而且如果它们是高明的骗子，就应该裸露着那挖掘过的痕迹，用被破坏的草坪和被打开的石板来证明我是个疯子。

但是，此刻我眼前的一切都很完美：灰白的墓碑，新的小狗标志，还有平整的草皮和带着雨滴的鲜花。但是没有范老师的名字——“范静”，更没有什么生卒年月。

“大鱼……”段琴拉了拉我的手臂，“位置不对，这墓怎么是师公的……而且这上面的名字……”

我转过头，向着她咧咧嘴：“这块墓碑应该是什么样子，以及这个位置应该是谁，你还记得吗？”

“是有点不一样，我记得——范老师是下葬了的，她的名字已经刻上去了。”她有些迟疑地回答着我的第二个问题，“我们真的没走错？昨天晚上的雨很大，我……”

她的目光变得惶恐，抓住了我的手，我能看见她脸色变得煞白。

“没事的，阿琴，”我突然间心平气和，“我知道，我知道……所以我才会问你，我要证明我没有疯。”

我向这片墓园指了指：“阿琴，我们先走一遍这片公墓吧，如果没有找到范老师和老乔的墓，我们就离开。”

她盯着我的眼睛，更紧握住我的手：“好的，大鱼。”

我做了个深呼吸，把在这个地方吸入的潮湿空气吐出来，还包括昨天晚上的泥土的腥臭，我相信现在我将很可能不再独自对抗这个失序的世界了。

我开着车往绿湖的方向走，段琴坐在我的身边，一只手放在腿上，另一只手撑在车窗的窗沿上，牙齿咬着大拇指和食指的指甲。

她一旦焦虑就会出现这样的小动作，比如稿子出现了瓶颈，比如佳玲犯了大错，比如我因为工作的应酬很晚才回来的时候。但是现在她咬指甲的动作比以前更加的神经质，她一边像啮齿动物一样龇着牙，一边用另外一只手的手指杂乱地敲击着大腿。

我没有去打断她，当她沿着一排排的墓碑试图证明我们只是走错了时，试图寻找乔勇和范老师的名字而完全没有发现任何端倪时，我明白她心中有怎样的震惊和恐惧。我经历过相似的一切，当时我的反应比她更加惊慌和无助。她需要自己去接受这疯狂的现实。

我没有回家，而是开着车往绿湖而去。

实话说，我有点窃喜，因为这个时候，段琴和我可以深入地谈一谈，而她不会单单是因为爱我才帮助我。我紧紧地握着方向盘，不时注意她的反应——她阴晴不定的脸色看起来挺糟糕，但是我想知道，为什么她也会觉察到老乔和范老师的墓地有些不对。按照前几天的情况，她应该觉得一切正常才是。究竟是什么原因，让她脱离出了粉饰太平的怪圈，和我的感知一致了呢？

我们俩在沉默中慢慢地驶入了通往绿湖的公路，最后在湖边的便道旁停了下来。

我关上引擎，把手搭在方向盘上，轻轻地叫她的名字。

"哦……"她如梦初醒似的看向我，表情有些不知所措，"大鱼，这是哪儿？"

"绿湖。"我用柔和的声音对她说，"看看窗外，也许我们可以去湖边坐坐。"

段琴用迷离的眼神看了看窗外，那翠绿的湖水唤起了她的记忆，但是她并没有因此而露出放松的表情。

"干吗到这儿来？"她不再咬指甲，却仍然将双手交握在一起，使劲地拧着，“我——我想其实我们应该去找找参加葬礼的其他人，大鱼，也许我们只是记错了，真的。”

我看着她茫然的眼睛，用力按住她的双手。“我懂你的震惊，阿琴，我完全明白！”我用低沉却坚定的声音对她说，“但是你应该坚信你的记忆没有出问题，我相信我也是！范老师和老乔，他们的确在我们眼前被埋葬了。”

段琴望着我：“这几天你一定很痛苦吧，大鱼？”

“阿琴，有时候痛苦并不是最让我难受的，毕竟我并没有因此受到什么伤害，但是我不安宁，我需要找到答案，我不能活在不明不白里。”

“你知道这一切的起因吗？”

我摇摇头，咽了口唾沫：“但是……我相信有什么力量改变了这一切！阿琴，我要跟你说实话，昨天晚上我去了老乔的墓地……我怀疑他的死因，所以我去挖了他的墓，我想知道那骨灰是不是真的属于他！”

“大鱼！”

“听我说完！我挖开了他的墓，但没有看到他的骨灰盒。我们送葬的时候见过，对吗？还贴着他的照片，但墓穴里没有！我只看到了饭饭和师公，你记得饭饭吗？那条金毛猎犬，范老师的狗！老乔的墓变成区师公和宠物的墓！这是我亲身经历的事！而且……而且范老师就出现在我眼前，她指责我、怒骂我！段琴，我吓坏了，你能想象我多害怕！我逃回了家，后来发生的那些事，你都知道了……”

段琴捂住嘴，眼睛里满是震惊，她惊异地看着我，眸子里慢慢地聚集起一些水汽，最后伸手抱住我。

“大鱼——大鱼——”她喃喃地在我耳边说，“原谅我！我早该相信你，那些事情都是真的，我早该相信你。这几天你过得真是太辛苦了，原谅我……”

我把头埋在她的秀发中，深深地吸着淡淡的蜡梅香，眼睛有些发酸，但是心中却充满喜悦。

“我们得弄明白！”她用细小却镇定的声音说，“我们俩得把一切搞清楚。”

“是的。”我放开她，“还记得今天早上我跟你说的那些吗？”

段琴点点头：“是的，那些往事，一团乱……”

“我有个新的打算。”我放慢了语速，对她说，“这些事情太不可思议，而且丝毫没有头绪……我想应该把我们觉得不对劲的地方都一条一条地列出来，再考虑该怎么去调查。”

“嗯，这是个办法。”段琴点点头，“也许我的记忆跟你同步，会是一个突破口。”

“一个非常大的突破口。”我冲她眨眨眼，“如果弄明白，或许我们能从这个怪圈里出来。”

“那你开始整理吧，我们再想想从什么地方开始。”

“好的，阿琴，但是还有一点——”我想了想，“我总觉得每次我睡一觉起来，一切都会发生一点微妙的变化，我们得避免我们的记忆受到影响。首先我们俩得一直在一起，一刻也不能分开，最好做什么事都在一起。”

“这没问题，我们是夫妻。”段琴终于笑了笑。

“还有，我们睡觉的时候，千万别两个人同时睡着。我担心失去警戒以后会被什么力量乘虚而入。”

“你是对的！”段琴表示同意，“我们可以交换着睡。一个人休息一会儿，有什么事可以立刻叫醒对方。”

她说得认真极了，我知道她是个细心的人，一面庆幸一面又内疚起来：“真高兴你在我身边，可我不想你跟我一起承受这些。”

段琴摸了摸我的脸，慢慢摇摇头。我想别的话几乎没有必要再说了。

我从副驾驶前的储物盒中拿出放在那里的本子和笔，慢慢地厘清楚这段时间的问题——

首先，我对自己的相貌产生了怀疑，我一直认为是记忆的偏差。但是很明显只有我自己这样认为。

其次，我记得一些人明明死去了，但是却又重新生活在我的周围，比如在火灾救援中牺牲的罗超杰，还有小学时候就因为心脏病过世的胡倩，现在他们不仅成了我们的邻居，而且还是一对夫妻。

第三，为什么会有人明明在我们眼前死去，又活了过来？“死亡”这东西仿佛压根就没有在他们身上出现过，比如范老师，还有乔勇——虽然我还没有再“见”过他，但是他的墓消失了，那么再在镇上碰到他也不奇怪。

第四，为什么我无法离开绿湖镇？我可以绕着公路兜圈子，但怎么也不能开进两江市区，这是件匪夷所思的事。我不会走错路，我已经证明了这一点。

第五，为什么别人的记忆和我的记忆会出现矛盾？关于老乔给我说的早已死去的洛华我居然没有印象，而且他说是我的原因而害死了洛华……难道是因为我过于内疚而自我催眠？但是如果真是这样，为什么高中同学录上我看不清他的模样，甚至连我自己的样子也看不清？

第六，家里的小丑鱼不断地在减少，可是只有我注意到。佳玲负责照顾她的“小朋友们”，少了一条她肯定会叫出来的，但是她没有。她的记忆也出现了问题吗？但是，那些鱼又为什么会减少呢？还有那条奇怪的、丑陋的宽嘴灰鱼，段琴说它是从绿湖里钓上来的，但我并没有印象。

第七，绿湖……这座平静、美丽的湖泊，它究竟藏着什么秘密？老乔说洛华就是死在这座湖里；段琴说我因为在湖里游泳，才感冒失忆……但是我觉得不是这样的，只是这一点我还缺少更加有力的解释。

我一边说，一边用笔在纸上涂涂画画，要么喃喃自语，要么又急切地拉着段琴唠唠叨叨。她努力倾听我的话，向我询问一些细节。今天早上我告诉她的一切现在已经让她完全相信了，而且又增添了更多让她不敢相信的事实。

“这么多的问题，”她皱着眉头，“我们应该从哪里开始调查呢？”

“我想从最荒谬的开始。”我提议道，“死人复活，这个事情比恐怖片还离奇，但是我想这也应该是最弱的一环。我们得去找范老师和老乔，看看他们到底是怎么回事。”

她的脸上露出了犹豫的神情，我完全理解。

“别害怕……”我搂住她的肩膀，“我会和你一直在一起，没有什么好怕的。我们先去拜访乔勇，确认他的确复活了，然后我们再去看看范老师。他们的周围一定有些问题，我们能找到线索的。”

“装作什么也没有发生吗？”

“什么也没有发生，就是平常的朋友间的拜访。我们可以作为朋友去问候老乔的身体，作为学生去慰问失去了饭饭的范老师。”

段琴的笑容渐渐消失，她低下头，脸色仍然很难看。我吻了吻她的头顶，希望能给她一些鼓励。

段琴最终没有让我失望，过了一会儿，她抬头问我：“你觉得是买点什么礼物呢？水果？还是营养品？”

我们开车回到家，段琴去附近的小店买东西，我将车上的泥土清理掉，把家里收拾好。

当我走进客厅的时候，还没有到十二点，但是肚子已经咕咕叫了，段琴告诉我等下就可以吃午饭。我一边答应着，一边走到水族箱前。

小丑鱼和灰鱼在各自的角落里游动着，我数了数，小丑鱼只剩下六条了。它们白色和橙色相间的身体不安地聚拢在一起，偶尔侧过头，转动着滚圆的眼睛，畏惧地打量着那条灰鱼，还有我。每当灰鱼甩动它的尾巴，大模大样地朝小丑鱼们游过去的时候，可怜的小家伙们就慌不迭地窜到别处去。

我盯着那条灰鱼，看着它宽大的嘴，心中冒出一个念头：也许消失的小丑鱼都是被它吃掉了。可我马上就觉得这很荒唐，因为首先它无法吞下整条小丑鱼，那么如果是它吃的，水里应该留下骸骨。

其次，还是我之前列出的疑点，单纯的数量减少佳玲一定会发现并伤心欲绝，也许当第一条鱼被吃掉时候，她就会尖叫着把那家伙从水族箱里拎出来，然后处死。

我站直了身子，自嘲地笑了笑，走到厨房里。

烤箱里飘来浓郁的肉香味，段琴从里面捧出锡箔纸包裹的东西。

“是烤鸡。”她说，“昨天买的，热一热就可以了，我本来想留着晚上吃，不过中午实在没有什么现成的菜，所以……”

“没有关系，我去倒点儿果汁。”

段琴把锡箔纸揭开，用刀叉将烤鸡分开，然后发出一声小小的惊叫：“哦，里面还有些凉，我设定的时间太短，大概还要再烤 5 分钟。”

她走到烤箱面前，把鸡肉重新送进去，然后按下了贴在烤箱上的计时器。一个黄色的倒数针在表面上滴滴答答地走着。

我拿着酒杯和酒瓶的手颤抖了一下，一个奇怪而荒唐的念头从我脑袋里猛地冒了出来。

大概是我的脸色让段琴感觉害怕，她脱下厚厚的隔热手套，走到我面前。

“大鱼，”她小心翼翼地叫我的名字，“你怎么了？”

我看着她，有些无从开口。我走到餐桌旁，把手里的东西放下，然后看着那个计时器。

“我……有些想法……”

“嗯？”段琴坐在我的对面，专注地看着我。

“或许很莫名其妙，但是我的直觉告诉我这事儿绝对有可能。”

“说吧，大鱼，今天我已经接触到了这辈子从来都没有遇到的事，没有什么能吓着我了。”

我吞了口唾沫，斟酌了很久，才对她说：“我猜，我们也许陷入了一个倒计时之中。”

“什么？”她紧握着双手，“什么倒计时？”

我靠近她：“小丑鱼最开始有十条，加上那条灰鱼，水族箱里一共是十一条鱼。但是后来我发现，每过去一天，小丑鱼就会少一条。”

她的脸上露出疑惑的表情：“我没有注意这个……我觉得它们一直都是那么多。”

“不，段琴，小丑鱼一直在减少！”我用肯定的口气说，“开始的时候我也没有注意，但是后来我发现了……奇怪的是只有我察觉到它们在减少，你，甚至佳玲都不觉得奇怪。现在我可以肯定地说，这不是我的记忆混乱，因为刚才我去看的时候，它们已经只剩六条了。而我前天问过佳玲，她亲口说的是八条。”

“会不会是被那灰鱼给吃掉了？”段琴试探性地猜测着。

我摇摇头，告诉她我排除这个可能性的原因。

她显得更加不安了，忧心忡忡地问我，为什么会认为是“倒计时”？

“只是我的猜想。”我对她说，“十条鱼也许代表着十天——目前看来‘天’这个时间单位是它们消失的周期，因为每过一天它们就少一条。”

段琴坐不住了，她起身来到客厅里的水族箱前，仔细地打量那些小丑鱼，还有那灰色的不速之客。然后她来到厨房，翻出一个透明玻璃罐子，装满水，不顾灰鱼的反对和激烈挣扎，把它舀到了玻璃罐里。

“我们只需要观察一天，”段琴对我说，“现在我数清楚了小丑鱼的数量，明天我们就能知道是不是这个家伙在捣乱。”

我苦笑着按着额头，现在很多事情，她都更倾向于实证。

“如果小丑鱼还是在减少，你会怎么想？”我提出我的疑问。

段琴沉默了，她看着那些因为压迫消失而畅快地游来游去的小丑鱼们，没有回答我的问题：“如果它们全部消失，是不是意味着计时结束？”

这次轮到我沉默寡言。

她仍然盯着水族箱：“计时结束又意味着什么呢？”

我上前把她的头拨过来：“明天再来考虑这个，也许我是错的，我们现在吃饭吧。”

第七章 错乱时空

我们急匆匆地将烤鸡解决，然后去老马的店里选了泸州老窖的礼盒。虽然老马仍然喋喋不休地介绍着各种他钟爱的酒，但是我完全没有在意他说的那些话，而段琴也只是对他报以客套的微笑。

我们提着酒走出商店，然后决定先去乔勇家。

车缓缓沿着主干道往西开，路过一片稍显老旧的小区。老乔的家境一直不算好，至少我知道他的财务问题长期得不到解决，我之前介绍他做过一两只基金，教他理财，短时间倒是有些收入，可惜他还是没有学会怎么选金融产品，亏了钱就放弃了，再加上无规划的生活习惯，导致他很难攒下钱来。

我们把车停在路边，然后找到了那幢单体公寓楼，由于年久失修，外墙的砖脱落了不少，让它暴露出灰色的水泥墙。每家的窗户镶嵌在墙上，各不相同的窗帘包裹着黑洞洞的房间，让人看不清里面的模样。

我牵住段琴的手，对望了一眼，深深地吸了口气，然后走上去按响了入户门铃……

门铃充斥着那种老式电流的滋滋声，让我忍不住有种头皮发麻的感觉。不一会儿，通讯器“嘟”的响了一声，传来了一个女人干巴巴的声音：“找谁？”

“是我，孟之渝。”我赶忙回答，但没有回答她的问题，我并不想主动说出“找老乔”三个字。

“哦，孟大哥啊，怎么有空过来了。”乔勇的妻子口吻中带着点儿惊喜，“来来来，上来吧。”

她很快按了开锁，接着“嘟”的一声又挂断了通讯器。

单元门锁咔嗒开了，我和段琴相互对望了一眼，牵着手走了进去。

乔勇的家就在三楼，我们走上去的时候，乔勇的妻子已经打开门等着我们了，她穿着一件碎花连衣裙，披着粉红色的空调外套，怎么看也不像刚刚经历过丈夫的葬礼。我的心沉了下去——果然和我猜的一样，乔勇也复活了吗？

“你好，小卢。”我僵硬地扯出一个微笑，“我来看看老乔，他怎么样？”

“别提了，可遭罪了，”这个女人皱着眉头，“脚踝骨裂，打了石膏，大概有一个月哪儿也去不了，如果你想约他钓鱼，恐怕得失望了。”

“怎么搞的呀？”

“唉，还不是刹车的问题，我早就让他去修一修，免得有安全问题，他就是拖！孟大哥，你最清楚他那狗脾气了。”她抱怨道，“这次其实是对方全责，我们已经通知保险公司了，赔偿都不用担心。可老乔要早点修一下刹车，至少不会发生这次的事故，少受点皮肉伤。”

我暗暗地在心里嘀咕，从车祸身亡变成了小小的骨裂。

“我们能进去看看他吗？”段琴和气地对她说，“如果不打搅他休息的话……”

“当然，当然。”乔勇的妻子卢莎把门拉开了一些，“我正准备做午饭呢，要不要留下来吃个饭。”

段琴连忙说我们已经吃过了。

妻子们一边攀谈，一边手挽着手走进了房子，我跟在她们身后，打量着周围。

房子里的摆设和我记忆中一样，古旧的家具，褪色的墙纸，还有一些老照片。客厅里摆放着一张皮质沙发，还有一张安乐椅，老乔正坐在上面，打着石膏的右腿摆在凳子上，上面画了些奇怪的彩色图案——看起来像是他那对双胞胎女儿的杰作。

“老孟！”他热情地看着我，“真没有想到你会来看我！”

“说什么呢，咱们什么关系，我能不来？其实该买点儿水果或者别的，酒有些不合适。”我朝他挤挤眼睛，“不过我想你更愿意要这个礼物。”

“没错，老同学，你简直太懂我了。”他咧开嘴笑了笑，我们像在高中时那样碰了碰拳头。

卢莎为我们倒了茶，然后回到厨房继续准备他们一家人的午饭，段琴不好干看着也走进厨房帮忙。而乔勇和我则在一起看球赛。我仔细观察着他的模样，除了有些苍白和疲惫，他和平常没什么两样，甚至兴奋时挥拳头的习惯都没有变。他怎么看也不像是会“嘎嘣嘎嘣”嚼人肉的还魂尸。

我心不在焉地和他讨论着球赛，同时询问着他的车祸。

“那个货车司机肯定在打瞌睡。”乔勇愤愤不平地对我说，“谁会那么开车呢？如果不是我的技术好，及时地跟他错开，说不定已经连人带车给轧扁了。”

前天你的确被轧扁了，老同学，我默默地看着他。

“你知道吗？”乔勇神秘兮兮地压低声音，“我觉得我很幸运，事后我发现刹车坏掉了，幸亏当时我避开那该死的货车时撞到了安全岛停了下来，否则一旦上了高速路可能会有更大的危险。”

我干笑了两声：“你的确很幸运。”

乔勇得意扬扬地笑了笑，又把注意力放在了电视比赛上，一边看，一边气愤地咒骂主队“扬帆”的表现就像一堆狗屎。

我漫不经心地附和道：“是啊，不过他们 2007 年的表现好多了。毕竟奇迹不是年年有的。”

“奇迹？”

“嗯，2007 年他们拿到了俱乐部联赛冠军。”

“哦？”老乔古里古怪地朝我笑了笑，“他们明年拿冠军？你有先见之明？”

我拿着啤酒的手抖了一下：“当然了，我——”

我看过 2007 赛季的比赛，我发誓！我看着电视里扬帆的队服，是绿紫相间的样式，我忽然干笑道：“这场比赛不是复古日吧？我觉得他们还是穿红黑队服比较酷！”

“你在说什么呀？他们的队服一直是那样！”

不是！你这笨蛋！他们 2007 年就把衣服从绿紫色换成了红黑色了！

但是我没有把这句话吼出来，只是盯着电视机，那里面解说员歇斯底里的声音正在咆哮，我想从中抓住一点儿关于时间的讯息，但是那笨蛋只是在拼命地煽动球迷对球队的狂热贬斥或者追捧。终于，我从比赛的间歇广告里看到了一些赛况预告，那上面的时间是“2006 年”。

我的手开始持续发抖，为了掩饰，我不得不大口大口地喝完了热腾腾的茶，然后起身向乔勇告别。

“哎呀，慌什么？”他对我说，“看完了再走吧，一起吃饭！虽然这些家伙踢得一团糟，好歹是我们的主场！”

“再说吧，老乔。”我克制住心中的慌乱，把发抖的手揣进口袋里，“我和段琴还有点儿事儿，都跟人家约好了的……”

“好吧！”他失望地耸耸肩。我拍拍他的肩膀，走出客厅的时候，突然又停下来，犹豫了一下，说，“老乔，关于洛华的事儿，你还记得什么吗？”

“谁？”他侧过头，好像没有听清楚我的话，“我认识吗？”

“哦，没事。”我不再多言，急匆匆地和卢莎告别，拉着段琴出了房子。

“你怎么了？”当我们穿过街道回到车上的时候，段琴担心地摸了摸我的额头，她担心地问我，“被吓坏了吧，大鱼，其实我也是！我记得乔勇是被撞死的……天哪，如果不是亲眼见到，我或许会坚定地认为说他还活着的都是疯子！大鱼……对不起，我早该相信你的！”

她冰凉的手握住我的手，我们俩感到一阵难以忍受的窒息。

我等着怦怦乱跳的心脏渐渐平静下来，向段琴问道：“你能告诉我现在是什么时间吗？”

段琴看了看手表："一点三十六分。"

"我是说，年月日。"

她困惑地看着我，但还是如实回答："2015 年 9 月 25 日。"

我长长地舒了口气，瘫倒在座椅上。谢天谢地，我的记忆还是和她一样，我们俩没有被搅乱。

"怎么了，大鱼？"

我转头看着段琴："刚才我在老乔的客厅里和他看足球联赛。那是扬帆 2006 赛季的比赛……"

段琴的脸上有些苍白，她笑了笑："或许是老乔录下来的……他是个铁杆球迷……"

"他不知道 2007 赛季扬帆打得比以前好很多，也不知道东兴球队换装的事情——他完全不知道，一点儿印象也没有！而且你注意到他们家的沙发了吗？是皮质的，而咱们前段时间去他们家的时候，那里摆着的明明是一张布艺面料的沙发。段琴，你知道这意味着什么吗？"

段琴松开我的手，把身体靠在椅背上，她的目光有些呆滞，还在消化我告诉她的事实。过了好一会儿，她咽了口唾沫，低声说："他生活在 2006 年……他的生活时空和我们是错位的。"

"你可以反驳我，我也只是异想天开地猜测，也许我们还需要证实？"

她转头注视着我，眼睛里有些恐惧，但是她仍然敏锐地洞察了我的想法："你想接着去范老师家里？"

"我们需要找到最直接的证明。"我点点头，"我们得仔细查看她家里的摆设和可以显示时间的东西。"

段琴做了个深呼吸："我真希望我的心脏足够强健，大鱼，你不知道我的心跳现在有多快。"

"我也一样，你听，我也一样。"

送给范老师的礼物是一条漂亮的羊绒围巾。

这是段琴从家里找出来，是她之前准备给丈母娘的礼物，不过老太太去了海南岛安度晚年，于是礼物改成了海岛风格的大花裙。段琴想出了一个拜访的理由：慰问失去了伴侣犬饭饭的老妇人，让她感到不那么孤独。

我同意她的想法，但是如果我们敲开门发现饭饭摇头摆尾地迎上来该怎么办？或者说，范老师还记得昨天晚上我掘墓的事情怎么办？

"我们已经去过墓地了。"段琴很有把握地对我说，"饭饭的骨灰在区师公的墓碑下，这证明它没有复活，坟墓还是老样子，不会有问题。"

好吧，她是对的。

当我们敲开范老师的房门时，老妇人红着眼睛，满脸憔悴地出现在我们面前。

“你们真是太好了。”她邀请我们坐下，并且为了那件礼物而紧紧握住段琴的手，我原本以为段琴会因为惊吓而躲避，但我低估了妻子的勇气。

范老师活生生地出现在我们的眼前，虽然老迈但行动自如，能自己熟练地泡茶和给我们洗水果。

段琴和她闲聊，而我则端着茶杯在屋子里走来走去。

我仔细地看那些摆放在钢琴和橱柜上的相片，上面记录了范老师一生的快乐时光。她少女时期的照片，结婚时的模样，和丈夫在一起，还有和学生一起参加春游的时候……我想从细节上分辨出这些照片拍摄的时间，不过令人失望的是，照片里的时间信息很模糊。

我回头看了看段琴，她干得很棒，她用充满同情的、和蔼可亲的目光注视着范老师，倾听她因为失去饭饭而抒发惆怅情绪的言语。

我端着杯子，朝更远处的厨房走去。

冰箱门上贴着很多饭饭的照片，在照片下，我看到一张蛋糕店的收据，上面写着“2000 年 6 月 6 日”，范老师买了一个生日蛋糕。

我悄悄地把那个收据藏到口袋里，紧张地看了看周围。

接着更让我兴奋的事情出现了：餐桌的花瓶旁边，摆放着一个小小的日历，上面正翻到一个大大的“5”上。

我连忙走过去，拿起台历，上面清楚地写着“2000年6月5日”。

我知道自己已经得到了想要的答案，但是这感觉并不轻松。我的呼吸发闷，就好像有人在使劲压迫着我的肺部。苦涩的咖啡已经难以下咽，我拍了拍脸颊，回到客厅里，向两位亲切交谈的女士说了抱歉。

“我们该走了……”我对范老师说，“等一下还得去蛋糕店给佳玲买现烤的曲奇饼干，她最近指名要求吃这个。”

“哦，好。”范老师用皱巴巴的手拍了拍我的胳膊，“你是个好孩子，小孟。谢谢你特地来这一趟。饭饭也喜欢你。”

“是的，它一贯如此，对每个人都很好。”我虚伪地客套着，“它希望您一切都好。我也是担心您太伤心，希望您保重身体。”

“我会常常去看它的。”老太太说着又开始抹眼泪。

“您昨天也去了，对吗？”我眼含恶意，但她低着头并未察觉。

“嗯，是。”范老师点点头，“昨天下午的时候，或许我现在该再去瞧瞧它，昨天晚上雨太大了……”

我记不清楚还跟她说了什么，总之我和段琴找到借口离开了这间屋子。当我们回到车上的时候，我把蛋糕店的收据和撕下来的那张日历放到她面前。

“范老师活在2000年，”我看着她的屋子，“她的时间和我们对不上，和老乔也对不上。”

段琴神情复杂地盯着那张收据和日历，没有说话。

至少从这两个人的身上，我们已经可以断定，也许我们接触到的人其实生活在不同的时空，他们的记忆、感情和别的什么，都停留在一段封闭的时间里。我有更疯狂的想法：或许他们的记忆其实也发生了偏差，一些跟我有关的东西不断地在被修改。

我说不清楚为什么会有这样的念头，但是我的确在内心深处这样认为。

段琴把手上的证据叠好，放进口袋里，她的脸色严肃，眼睛里透出一种从未有过的坚定。就好像是行走在屋脊上的猫，郑重地盯着前面的路。

她低声问我：“还有什么值得怀疑的人选吗？如果仅仅是两个人的个人生活时空发生了错位，不会对我们造成这么大的影响，我相信还有其他的人也不对劲。如果一个接一个的人都出现了这样的问题，就像多米诺牌，最后就会推到我们身上。而且……”她停顿了一下，“为什么会出现这样的事情？是有人对他们施加了暗示？还是……神秘的力量给他们画了圈？”

实话说我个人更赞同后者，因为时空的错乱还不是最严重的，那些我记忆中死去的人突然活灵活现地跟我当邻居才是最可怕的。

“接下来该怎么办？”段琴看着我，“你有什么打算，大鱼？”

“罗超杰和胡倩。”我对她说，“我想知道他们又牵扯到什么了？”

“你说他们原本都死去了……”

“罗超杰死在2005年的一次火灾现场，他评上了烈士，而胡倩则很早以前就死于心脏病了。”

“这可比范老师和乔勇更加蹊跷。”段琴禁不住苦笑，“如果他们根本不是以现在的模样死去的，那连时空错乱这个解释都显得很不可靠了。”

我想了想：“你说得对，如果他们真的是罗超杰和胡倩的话……”

段琴猛地转过头：“你说什么？”

“我说，如果我的记忆是正确的，谁知道这两个人是不是真的罗超杰和真的胡倩呢？”

段琴一时间没有说话，但很快她便赞同了我的观点。荒谬，但是现在我们经历的一切又何尝不是荒谬的呢？

“快要放学了。”我抬了抬手腕看表，“还是老样子，我们先去接佳玲。晚饭以后再商量接下来该怎么办。”

也许是因为说到了小天使的名字，段琴紧绷的表情柔和了许多，她拍拍我的手，向我笑了笑，于是转头望向车窗外，陷入了思考。

孩子的特权之一，就是他们不能也没有必要去体会大人们的苦恼。

当我和段琴心中被巨大的阴影和恐惧压得喘不过气来的时候，佳玲对此一无所知。我再次为了昨天晚上的失控向她道歉，并用服了过敏药为借口解释失控的原因。她很快就原谅了我，并且将那件事抛之于脑后。她烦恼着该完成的作业、和闺密之间的矛盾、该带给同学吃的饼干和什么时候能穿的高跟鞋。

“我比莎莎矮了这么多。”她一边走向客厅一边用手指掐出一点点距离，向我抱怨，“所以上次拍照的时候刘老师让她站到了我身后，就在宋利旁边。”

“哦，这真讨厌。”我随口附和，“但是幺幺啊，其实身材匀称的女生更好看，而不单单看个子。”

她兴奋地看着我。

“这是实话，”我认真地告诉她，“至少我小学的时候，我和我的朋友们都这样想。你学了舞蹈，你的身体姿态很漂亮的。”

小公主终于开心地蹦起来，我一下抱住她。

“那我矮点也很好看吗，爸爸？”她认真地看着我。

她有些分量的小身体虽然让我抱起来越来越吃力，但她在我怀里，让疲惫和紧张终于从我身上慢慢退去。我把她放回地面，再次向她保证她确实是个漂亮的大姑娘了。

她满意地转身走开，忽然又发出一声小小的惊呼，她跑到了水族箱前——我和段琴下午离开家的时候，把那条灰鱼捞起来放在玻璃罐里。

“它怎么了？”佳玲指着罐子里的灰鱼，“它做了坏事吗？”

“哦，”我在编理由，“不，其实……我想……”

“我们今天配了一点消毒药粉。”段琴连忙为我圆场，“据说对预防小丑鱼的寄生虫病很有效。但是为了不让那个家伙受到药物影响，我们决定让它独居一段时间，明天就放回去。”

“啊，原来是这样。”佳玲点点头，用食指摸了摸玻璃，“可怜的小鱼，今晚得一只鱼睡了。”

我和段琴对望一眼，不约而同地笑起来。

我们简单地吃了晚餐，佳玲被允许看半个小时的电视。然后我们让她洗澡、睡觉。我和段琴在卧室里整理着今天一天得到的线索，并且商量下一步该怎么办。我们在上午列出的第三条疑问下写了一个推测出的答案——“时空错乱”。

“我想下一步应该查查罗超杰和胡倩。”段琴提议，“他们俩的生活咱们一点儿也不了解，所以也完全找不到疑点。我们得主动去跟他们亲近。”

“先去查查学校的档案怎么样？如果胡倩一直读到了高中，如果她真的存在过，学校档案里应该有关于她的信息。”

“嗯，那么明天上午就去学校，先看看结果再考虑。”

我的身体里充满了力量，段琴的口气和她的表情让我相信没有什么不能查清楚的。她从我的眼睛里看出了我的感激，笑起来：“好了，睡吧，你最近累坏了，你先睡一个小时，等一会儿我叫你。”

“谢谢老婆。”我凑过去吻她，同时补充，“不单单是为了你让我先睡……”

我想我没有做梦。

段琴打着哈欠将我叫醒，这简直是我这一周以来睡得最好的一个小时。我觉得自己神采奕奕，毫无疲惫。

但是我知道段琴正好相反，她躺下来不一会儿就进入了梦乡。她的头发散落在枕头上，眼眶下有淡淡的青色。我想要亲亲她，可最后还是放弃了，我怕稍微一个动作就会吵醒她。

现在是半夜十二点，周围非常安静。我甚至能听见床头的手表在滴答作响，我拿起那张涂满了潦草笔记的纸，思考着该怎么跟罗超杰和胡倩接近，然后套出他们的话来。他们如果是真的罗超杰和胡倩，就应该知道更多的学校里的事。我记得上次去罗家参加聚会的时候，罗超杰似乎把话题集中在了高中时我和他的争风吃醋上——就好像真的一样。

我还要问问罗超杰的授勋过程，再问问胡倩是否记得自己有过心脏病，他们是否在撒谎我能立刻判断出来……

就在我胡思乱想的时候，突然一阵火光从窗口照进来，我一下从床上跳下，冲到窗口。

火光是从罗超杰家的方向传来的，烈焰吞噬了一切，大火正在熊熊燃烧。门窗玻璃已经碎裂了，火舌舔出窗口，爬上了外墙。灼热的光照得周围一片明亮，而周围的一切都围绕着这巨大的火堆投下放射状的黑乎乎的阴影。

我屏息凝神，惊讶得目瞪口呆。直到一阵小小的爆炸声从火中传来，我才想起应该去打119，这个时候已经有消防车的鸣笛远远传来。

段琴被惊醒，急急忙忙来到我身边，当她看到眼前的一切，不禁发出一声惊叫。

我抱住她的肩膀，完全说不出话，她忽然推开我，猛地转身朝楼下跑去。

“段琴！”我叫着她的名字，连忙追了出去。

她连鞋也来不及穿，赤着脚出了门，跌跌撞撞地朝罗超杰家跑去。

警察已经拉出警戒线，有些邻居也走出门来围观，段琴被一个警员拦住，不得不停下来。

“有人受伤吗？有人活着吗？”段琴急切地问，“我是他们的朋友，就住在隔壁。”

“冷静，请冷静些。”警察安抚她，“现在火势还没有被控制，无法统计伤亡。”

段琴无可奈何地抱着双臂站在警戒线外，我赶上来，为她拿来了户外鞋，并给她披上外套。我们俩肩并肩地看着那栋房子被烧得面目全非，不时有小小的爆炸从里面传来，然后腾起一股浓烟。

大约过了半个小时，火势渐渐地变小，最后完全熄灭了。消防员们进进出出，然后一个负责人走过来对警察低声说了几句，两个人都遗憾地摇摇头。我心里充满了不祥的预感，更加焦急地冲着现场张望，不一会儿他们又出来了，抬着两个沉甸甸的尸袋。

“天哪……”段琴蹲下身，低声啜泣。

我只能扶住她的肩膀，心中的震惊简直无法描述——罗超杰和胡倩死了？就在我们把疑点集中到他们身上的时候，这怎么可能呢！

这样的巧合，让我无法相信这是纯粹的意外。

这时那个警察又走到我们身边，摇摇头：“我们发现了两具尸体，很遗憾。也许明天会对起火原因展开调查，请问两位是——”

“孟之渝，这位是我太太段琴。”

“孟先生，可能明天会有人上门来询问一些情况，请问您大概什么时间方便呢？”

我强作镇定地点点头：“好的，在你们来之前，我们会一直留在家里。”

“非常感谢。”他向我们点点头，又回到现场去了。

我把段琴扶起来，在她耳边低声说：“走吧，我们先回去。”

她靠着我，跟着我往回走，我能感觉到她的身体在轻轻地发抖。当我们回到家门口的时候，看到佳玲正趴在窗户后面，手里抱着那个装灰鱼的玻璃罐子。

我赶紧跑过去：“幺幺，你在这里干什么？你应该乖乖待在房间里！”

她仰起小脸，不安地说：“对不起，爸爸！我看到火了……我很害怕，你们都不在。”

“对不起！”我揉揉她的头顶，“我们也是太着急了，我们应该留下一个人陪着你的。”

段琴擦干净脸上的泪痕，拉住了佳玲的手：“你为什么要抱着它？”她看着那个玻璃罐，还有里面的灰鱼。

“我有点害怕，找它陪着我。”佳玲怯生生地回答，“可以进去了吗？”

“把它给我吧，我帮你拿着。”段琴一边接过那个玻璃罐，一边牵起女儿的手，回到我们的家里。

我在关门前看了看隔壁的灰烬，警灯和照明设备把黑乎乎的残骸赤裸裸地摆在我眼前，那一个个被烧成空洞的窗户，像一个个张开的大嘴，似乎在发出无声的尖叫，又似乎在朝着我狞笑。

第二天是个周六，早晨我以警察会上门询问起火细节会用很长时间为借口，将佳玲送到了同小区的同学家中，拜托对方家长看顾一天。送走佳玲后，我和段琴一同站在门廊上看着隔壁的那堆废墟。

昨天还整洁、漂亮的洋房已经变成了废墟，窗口和门边都堆积着奇形怪状的黑乎乎的东西。刺鼻的焦臭味仍然残留在空气中，很多人在路过它的时候都会停下来指指点点。

我们俩却没有再为它开口说什么，任何话语都没有意义了。该知道的秘密随着这场大火而消失，罗超杰和胡倩在我们面前又死了一次。

我不知道段琴心中有多么沮丧，但是我知道她一定和我一样，陡然失去目标的失控感和对未知的迷茫压抑得我们快要喘不过气来了。

这个时候一辆警车慢慢地停在我们屋子门口，接着两个生面孔下了车，朝我们走过来。

“早上好，孟先生。”他们其中一个向我打招呼，“我是陈潇，附近派出所的民警，这位是绿湖消防中队的黄成才黄警官，要做个火灾调查，我们想向您提几个问题。”

“当然可以。”我打开房门，“请进吧。”

“我给你们泡点茶。”段琴挤出一丝笑容，“你们吃早饭了吗？”

两个人和气地表示了感谢，并表示自己已经吃过早饭了，然后跟我们一起走进客厅。

在沙发上坐下以后，段琴端来了一些奶油饼干，泡了壶绿茶。陈警官掏出了他的小本子，询问我什么时候发现起火的，我告诉他大概是夜里十二点左右，那时候我还没睡着，当我要报警的时候，消防车已经到了。

“您注意到死者夫妻以前报过火警吗？”

“没有。”我摇摇头，“他们的安全意识很高，老罗以前自己就当过消防员。”

“可惜这次他们连报警的时间都没有了。”那警察遗憾地说。

“是什么引起的火灾？”我问道，“电线短路吗？”

“现在还在分析中，”他告诉我，“从现场来看，火是从厨房里燃起来的，我们怀疑是煤气泄漏，而他们的手机正放在冰箱旁的插座上充电……”

我闭上眼睛：“罗超杰是个好人，胡倩也是，我真不敢相信他们会遇到这样的事。”

那警察正在本子上奋笔疾书，突然抬头看了我一眼：“谁？”

我愣住了：“罗超杰、胡倩。”

“他们是谁？”那警察莫名其妙地看着我。

“罗超杰和胡倩。”

陈警官看我的眼神就像在看一个神经病：“遇害者的姓名是罗济世和柯淑。”

我茫然地看着对方，他从口袋里拿出了一张照片，照片上是两个头发花白的老人，我敢肯定我从未见过他们。

“……”我干巴巴地不知道说什么。

“您认识他们吗？”陈警官盯着我。

“是的，是他们。”我在桌子底下掐自己的手，“但他们跟我说的名字不是证件上的名字，我不知道……或许是不太信得过我们，提防心太重。”

这理由我自己都不信。

“是这样啊，”警察的口气也不太相信我，但很圆滑地笑着说，“其实跟邻居不熟也不奇怪，这年头，一栋楼里门对门的都不一定互相认识呢。”

我只能尴尬地傻笑。

后来陈警官又说了什么我已经不记得了，段琴帮我回答了很多问题。她其实从送来点心以后就一直坐在我身旁的沙发扶手上。我想她不仅听到了我和陈警官的对话，也看到了那张照片。

我的落败被她全看在眼里。

大概过了半个小时，两个公职人员履行了他们的职责，并感谢了女主人的招待，带着他们得到的答案离开了。

段琴关上门，看着我。

“又一个陷阱，毫无疑问。”我这样对她说，“罗超杰和胡倩就这样消失了。”

段琴没说话，她像一阵风似的跑上楼，把我的同学录抱下来。她把它们摊开放在桌子上，仔细地寻找着。终于，她抬起头来：“看这儿！”

她的手指落在一张照片上，我低下头——在我的同学录里，罗超杰仍然待在原来的地方，但是胡倩的名字消失了，原本模糊的相片里也没有她了，变成了一个胖胖的、容颜清晰的女孩儿，甚至有一张合照下面还写着她的名字——劳小燕。

我们俩默然无语地看着这个陡然冒出来的同学，她的确是我的同学，这个我有记忆，但是她的相片并不在这个位置，她占据了原本是胡倩的位置。

段琴重重地坐进沙发，用双手捂着脸。

我觉得即便是傻子也能看得出，有股力量在篡改我们周遭的一切，篡改我的生活。

预料和猜测是一回事，此刻它们赤裸裸地呈现在我眼前又是另外一回事。这种力量绝非人类可以办到的，更没有与之对抗的方法。我突然感觉到背后冒出一股冷汗，我可以和歹徒搏斗，可以去面对寒光闪闪的匕首，但是如果是超自然的力量，我该怎么去反抗呢?

更重要的是，我不知道这股力量为什么要这样，它到底想要从扰乱我的生活中得到什么?

我呆呆地坐在段琴身旁，然后用手碰了碰她的肩膀，她把手放下来，眼眶有点发红。

“你想说什么？”她虚弱地问我，“还有什么可说的吗，大鱼？”

我没有开口，而是抬起手指向我们正前方的水族箱。

段琴随着我的手指望过去，灰鱼仍旧被放在玻璃罐子中，水族箱里的小丑鱼正在快乐地游来游去，但此刻，它们只剩下五条了……

第八章

雨夜掘坟

屋子里一片死寂。

我握了下段琴的手，掌心里的汗水又冷又湿。她靠在沙发上闭着眼睛，而我则机械地整理着那些凌乱的照片。

现在她不想说话，而我也不知道说什么。也许是因为没有开灯的原因，我觉得屋子里远比以前黑，而且很冷。我把那些照片一张一张地摆在地板上，甚至把同学录一页一页地撕下来，这些花花绿绿的图片拼成了一个巨大的屏幕，在我面前播放出各种各样的片段。

我从中挑出了一些，拿在手里，然后把其余的胡乱扫到一旁。

“段琴，”我叫妻子的名字，“能听我说几句吗？”

她脸色苍白地看着我，点点头。

“也许我们还有最后一个可以去调查的人。”

她没有说话。

“这个，”我晃了晃其中一张照片，“洛华。”

她依然紧紧地闭着嘴。

我把照片放在她面前——就是那些无论如何也看不到洛华正面的照片，焦黑的印记在上面很醒目。

“这个人是我唯一完全没有印象的人，”我耐心地告诉她，“无论是谁，罗超杰、胡倩、乔勇、范老师……这些人都有问题，可我能肯定他们在我的生活中出现过，但是洛华……这个人我想不起来，而他也没有留下一张正面的照片。乔勇告诉我有这个人的存在，但是现在，应该说他复活后就矢口否认了！这个人是最大的疑点……阿琴，听我说，我们要去找到洛华，我们得从他身上寻找答案……”

段琴无精打采地看着我，让我心中一阵发凉。

“阿琴，”我紧紧抓住她冰凉的双手，“我知道这一切让你难以接受，的确挺吓人的，我知道……”

“不！”段琴突然拼命地摇头，“我不是害怕这个，大鱼！你不该这么说！”

“那就告诉我你现在在想什么。”

“大鱼，我不知道我们会怎样。再穷凶极恶的坏人找上我们，要我们的命……我不会害怕，因为我们可以反抗，可以尽全力保护家人，保护我们的小佳玲。可是……现在我们就好像陷入了一片大雾，我们知道周围有吃人的野兽虎视眈眈，但是它们在哪儿？它们究竟是想要吃了我们还是耍着玩儿？大鱼，我不清楚这些事情为什么会发生？也许你猜对了，那些小丑鱼，它们真的是在倒数，当它们统统消失的时候，我们将会怎样？”她急促地说完，又做了个深呼吸，放慢语速，“我不怕那些看得见摸得着的危险，可是我不知道我们面临的一切，不知道你、我还有小佳玲到底会遭遇什么，这些才最可怕。”

是的，我看清楚了她的眼睛，里面全是担忧，却没有畏惧。我想我误会她了，把她想得太简单了。

“很抱歉。”我低下头，“我只是以为你退缩了……”

“我不是害怕，”她拥抱我，“我只是不知道该怎样才能保护你和佳玲！”

“不，我们应该围成一个圈，”我一边轻轻地抚摸她的背部，一边安慰她，“我们保护彼此。”

“大鱼……”她轻轻地叫我的名字，然后把头靠在我的肩膀上，我感觉到一股热泪渗过衬衫沾到了我的皮肤上。

月亮很圆，但是我们只能看见朦朦胧胧的轮廓。因为云层用暧昧不清的表情将它搂在怀中，仿佛在故意隐藏它的模样。即使我们知道月亮就在那里，但是无论如何也不可能撩开云层那令人厌烦的纱幕，将它解放出来，让这漆黑的夜晚更明亮一些。

我打着手电筒，悄悄地拧开车门，段琴把工具放到后座，然后回到副驾驶座上。

“佳玲睡着了吗？”我压低声音问她。

“睡得可香了。”她微笑着回答，“就像一只小猪。”

我心中感到一阵柔软，轻手轻脚地发动车子，慢慢地开了出去。

我们俩穿着长长的塑料雨衣，后座上堆着铁铲、凿子，还有撬棍这些东西，正朝着公墓驶去。

是的，我们打算掘墓，目标就是洛华。

今天下午，我们平复了自己的情绪，然后驱车前往绿湖高中。我很有礼貌地告诉校长作为一个校友，因为弄丢了当年的毕业照，很想看看学校的档案，以怀念那些老同学。

他很慷慨地答应为我找一找，当然了，最终的结果是别的班级都有，而刚好我们那一份缺失了。

我并没有特别失望。自从罗超杰两口子变成了陌生人，然后被一场突如其来的火灾烧死，我觉得找不到完整的档案这事儿实在太顺理成章了。

然而洛华却是一个压根就没有出现的死人，他在我看到的相片上遮遮掩掩，始终不露出脸，可是我却觉得这很微妙。

胡倩可以直接从同学录中消失，这个人为什么不呢？还是说，那股神秘的力量也不能完全抹去他的痕迹，所以只能选择了拙劣的隐藏手段？

这个想法让我兴奋。

我从学校出来的时候就想到了在公墓看到的属于洛华的墓碑，他的骨灰真的躺在下面吗？如果那是他的骨灰，盒子上就有他的照片——那里是他真正的模样。

“到了，”我把车停在墓地外的街角处，然后拿起那些工具，“段琴，把帽子戴上。”

我们放轻脚步，慢慢地进入了墓地。

现在是凌晨一点，整个小镇陷入了沉睡，除了飞翔的鸟儿和草丛中跑过的老鼠，没有任何活物看见我们。

我吸了一口气，感觉到有些湿润。借着微弱的光亮，我能看到淡淡的雾气正在升腾，它们好像幽灵一样，静静地悬浮在半空中，每当我们走动，就会搅乱它们。它们用模糊的手臂乱摸我们的衣服、脸颊和头发，弄得我不由自主地犯恶心。

依山而建的公墓身影在雾气的另外一头，隐隐约约地看不清楚大门，只是黑魆魆的仿佛是海中的怪兽。在灰蓝色的夜空下，它显出一种极为肃穆的神态。

当我们越过边界朝着一排排墓碑前进的时候，段琴有些敬畏地看着所有的墓碑被昏暗的月光镀上了一层细微的亮边儿。

“大鱼，你说守夜的人晚上睡得好吗？”她有些紧张地拉住我的手。

“他可能是绿湖镇睡得最好的人了，毕竟这里附近可没有半夜扰民的。”我用近乎轻佻的口气安抚段琴。

我们拧开手电筒，照亮墓碑，寻找着洛华的名字。在我的记忆中，他应该躺在区师公和饭饭的身旁。

好在这一次我的脑子没有骗我，我们寻找到了区师公和范老师合用的“来世居所”，而当灯光扫向旁边的那位“邻居”时，我清楚地看到了“洛华”的名字。

“他还在这里。”我有些高兴地对段琴说，“来吧，阿琴，你帮我盯着周围。”

她紧张地左顾右盼，捏紧了手电筒：“快点儿，别耽搁。”

我用行动回应了她的话。就好像超级英雄附身一样，我憋着一股气揭开了草皮，雨后泥土的腥气让我回忆起前天夜里的可怕遭遇。我有些想吐，但是我仍然挥起铁铲。我不能让段琴看出我的恐惧，她就在我身后，用担心而迫切的目光看着我。

汗水湿透了我的T恤，顺着我的额头、鼻尖落在地上。我摸索着盖板的边缘，然后把铁铲的边缘插进去，撬出一条细缝。我让段琴把撬棍递给我，我咬着牙用尽全力气往下压，听到了“喀”的一声响。

“好了！”我小声地对段琴说，于是她趴下来，和我一起推开了盖板，将灯光集中到了骨灰盒上。我将盒子上的灰尘拂开，把它抱了出来。

这盒子异常沉重，仅仅是把它从墓穴中取出来，我就感觉到了吃力。大概因为紧张，我身体紧绷着，一大半力气都在控制双手不要颤抖。

我的呼吸和心跳都很沉重，在寂静的夜晚显得很明显，段琴忍不住轻轻抚摸我的背，让我镇定些。

我闭着眼睛，做好心理准备，准备直视那骨灰盒上的照片——但那里什么都没有。

这个骨灰盒的质地是硬化木料，雕刻着祥云和仙鹤，有些灰土，看上去平平无奇，但它的尺寸似乎比普通的骨灰盒更大，我双手几乎捧不住。

“这盒子……是不是有点大？”段琴也发觉了不对劲，“这是特制的吗？”

“也许。”我低声回应，可为什么要用这种特制的骨灰盒呢？难道洛华其实是个超级大个子吗？而且为什么这个盒子上没他的照片呢？

我慢慢地伸手掀开了盖子，忽然手抖了一下，整个盖子掉在了地上，而段琴在旁边发出一声惊叫。

盒子里没有骨灰，只有一个人头！

一个面目栩栩如生的人头，头发梳得整整齐齐，脸部轮廓刚毅而俊朗，脸上表情柔和，皮肤光滑，甚至连嘴都轻微地张开着，左脸眼下有一颗不大的黑痣。我几乎以为他立刻就会睁开眼睛，用漆黑的眸子看着我。

我忍不住伸出手，摸了摸他的脸——他连皮肤都充满弹性。

这是一个真的人头，并非蜡像，也并没有任何腐败的迹象，断口光滑，没有血迹，仿佛被处理过，用胶和蜡封闭了。

“大鱼，大鱼！”段琴叫着我的名字，紧紧抓住我的胳膊。

“是真的——”我告诉惊魂未定的段琴，“这个头是真的。”

“简直难以置信。”

“是啊，”我喃喃地说，“我肯定是在做梦——这绝对是个噩梦。”

“看那里！”段琴把光照射到人头颈部的断口处，“好像有什么——东西？”

我也立刻注意到了，那是一张卡片的一角。我心中有种奇怪的感觉，有什么东西开始从我的头脑中复生，并且飞快地、强烈地预示什么。我觉得关于他的记忆仿佛埋藏在土里的种子，被雨水浇透，马上就能破土而出。

我伸手将那张卡片抽了出来——

那是一张照片，过去在同学录和旧照片中被模糊掉的洛华终于完整地出现在了我眼前。他穿着一件印着尤达大师肖像的褐色 T 恤，手腕上还戴着一只黑色的运动型防水表，脚上穿着一双 20 世纪 90 年代流行的球鞋。他站在一个不知名的岸边，背后是绿色的水面和一条弧形的水岸，岸上有深浅不同的绿色树木。

绿湖。

这个时候，一些沙土突然打在我脸上。我抬起头，听到段琴的声音：“起风了。”

是的，虽然我蹲着，周围都是松柏和墓碑，仍然能感觉到头上的空气流动，很快那气流就变得更加强烈。

段琴大声地说：“看上去好像是要下暴雨？”

果然，风大得有些超乎我的想象，松柏和万年青被吹得狂舞乱抖，而天上的月亮则完全看不见了，无数的黑云将它完全掩盖住。

“是要下大雨了！”我肯定地说，“我们得赶快走！来帮我一把……”

“你要做什么？”段琴瞪大了眼睛看着我把骨灰盒盖好，抱起来。

“我还没有查清楚一切，我得带这家伙走！”

“你要把一个人头带回家？”段琴看我的眼神像看一个疯

子，“大鱼，别这样，我们没有地方能藏得下它！”

“厨房里有个小冰柜，一直没用——啊，这盒子太沉了！”

“大鱼，这太疯狂了——”

“听我说，”我抓住段琴打着电筒的手，“我现在好不容易才找到这个家伙，我知道他的身上还藏着秘密。我们只有一次机会，还记得范老师和乔勇吗？还有罗超杰和胡倩……如果我们现在走了，也许明天再来他就消失了！这种事绝对不能再发生，我们已经做了那么多，再坚持一下。”

段琴盯着我，终于屈服了。她把手电筒放到一边，脱下外套：“把它包好！”

我没有接她的衣服，让她自己穿好，然后把照片原样放好，合上了盖子，用力地将骨灰盒抱起来。

这时候风越发地大了，我被吹起来的沙土弄得睁不开眼睛。雨点儿已经开始砸向我们，我的皮肤感觉到一阵冰凉。

“等等！”段琴拉住我的胳膊，“这个墓穴怎么办？还有我们的东西——”

“把工具都收拾好拿走，”我对她说，“至于墓穴，没时间管它了。”

“如果被发现怎么办？”

“来不及填了，也许明天一早它就消失了，谁知道呢？”

我说这话的时候，一道闪电从空中劈下，接着震耳欲聋的雷声响起，就好像有远古的怪兽在云层后面撕心裂肺地哀号。这样的联想让我不寒而栗，我加快了步子，和段琴相互依偎着往回走。她一边照着路，一边帮我托着手肘。这个时候雨水已经像拧开了的莲蓬头一样往下洒，我们很快就湿透了。

回到车旁，打开后备厢，我把洛华的头放了进去。段琴发动了引擎，当我坐上去时，她将油门踩到底，迅速离开了这个地方。

那个空了的墓穴被我们远远地丢在身后。

我扭过头望回去，闪电像银色的长鞭一样抽下来，撕烂了黑沉沉的夜空，仿佛想追逐我们的车尾。然而它够不到，只能让一阵接一阵的雷声尾随着我，不断回响在我的耳边。

这场来得又凶又急的暴雨让我大开眼界。

我从来没有在绿湖镇遇到这样可怕的大雨。它们滂沱的势头让我恍惚以为自己是在东海岸遇到了台风登陆。

尽管如此，我们还是将洛华安全地带回了家，我将闲置的小冰柜推出来，试着把整个盒子放进去，但是失败了。我们不得不找出一块毛巾和保鲜膜，把人头包裹起来放进去。段琴拿出好几个冰袋堆在上面，彻底遮住了它。

我回头把盒子里的照片取出来，发现盒子的底板上放着一个东西。

“这是什么？”我将手伸进去摸了一下，里面是一把钥匙，还挂着一个吊牌，正面是“FF”的英文缩写，后面是数字“35”。

“哪里的钥匙？”段琴问我。

“不知道。”我摇摇头，“但是我觉得这很重要。”

我们俩忙得满头大汗，混合着泥土和雨水的味道，简直邋遢得像两个流浪汉，累得直接坐在了光秃秃的地上。汗水和雨水顺着我们的鼻尖和侧脸滴落下来，我们筋疲力尽，实在没办法再接着调查这个钥匙。

“现在怎么办？”段琴问我，“还是先解决冰柜里这个难题吧。”

“对，我也这么想。”我说，“我们得先要弄清楚他的身份，然后再查清楚他的死因。乔勇有没有对我撒谎，我很快就能知道了。这个钥匙咱们明天再仔细研究。”

段琴点点头，眼神却有点呆滞。“大鱼……”她低声问我，“你说，为什么那个人头没有腐烂呢？那就像——像活着一样。”

我只能苦笑：“阿琴，我不能回答的事情不只这一件了。”

段琴累得没有再讨论的欲望。她站起来，拍拍我的肩膀：“那么今天晚上先去休息，等咱俩恢复体力了再商量下一步。”

我点点头，也站起来，拉着她的手准备出去。我回头看了看白生生的冰柜，洛华正在里面孤零零地“沉睡”，忽然我觉得心中有些难以忍受的酸涩。

第二天早上，暴雨停了。

我很高兴那场雨把我们从墓地返回的痕迹都冲刷得干干净净，更高兴的是我从洛华那里的确得到了非同一般的发现。

他为什么只有一个头？为什么会死了十几年而没有腐烂？是谁处理的头颅？这都是我无法解释的谜——不过我最近无法解释的谜实在太多。

更重要的是盒子里的那把钥匙！我跟段琴仔细看了下，钥匙是很常见的样式，齿儿的部分是不锈钢磨的，顶部是一片黑色的塑料，看上去应该属于一个储物柜。但是柜子里有什么，就得我自己去看了。

段琴做早餐的时候，我一边喝咖啡一边打开电视，我仿佛很久没有这么轻松的感觉了，可能这就是“虱子多了不怕痒”吧。

不过佳玲下楼的时候，脸色却有些难看。她打着哈欠，头发也梳得马马虎虎。

“到这儿来，小公主。”我把她抱到膝盖上，为她调整辫子上的蝴蝶结，“怎么了，没睡好吗？”

“嗯，”她用手背揉揉眼睛，“昨天晚上的雷可真大，爸爸，我用枕头捂着耳朵都没有用。”

“哦，”我吃惊地赞扬她，“你比我想象得更勇敢，幺幺，我以为你会害怕那么响的雷。”

“爸爸，别傻了，那只是云因为高热而突然气化膨胀爆出的一种巨响，书里解释得很清楚。”

我遗憾地将她放下来：“好吧，我还是觉得相信童话的女孩儿更可爱一些。”

段琴翘着嘴角倾听我们俩的对话，然后命令我们赶紧吃早餐。佳玲照着做了，因为今天我和段琴还需要外出，所以一早就跟佳玲说好，今天还会将她送去同学家。佳玲昨天和同学玩得很开心，听说今天还能去高兴得不得了。

因为佳玲同学家离我们很近，就在我们房子后两排的地方，佳玲申请自己过去，我们俩笑一笑同意了，并嘱咐她到了同学家要给我们打电话。

“今天我们去绿湖。”送走佳玲，我一边喝完自己的牛奶，一边对段琴说，“我们得找到那把钥匙对应的柜子。”

“你知道那东西在哪儿？”

“不，完全不知道，但是我相信能找到……”我三两口吃完了酱肉包，刷着手机，在朋友圈里看到了一个网络拍客的视频——那里面在说公墓昨晚发生的盗墓事件，一个被灌满了雨水的泥坑出现在镜头里，值夜班的人正激动地跟警察说着什么，同时发表了一通荒唐的猜测和严厉的谴责，让我忍不住低头发笑。

“笑什么，还不都是你，”段琴一脸担忧地看着我，“这可一点也不好笑。”

“是啊……”我连忙严肃地点点头，“我开心可不是因为这个。听我说，我之前挖开过乔勇的墓，可是瞬间就变成了区师公和饭饭的墓，等第二天你和我再去，乔勇的墓就不见了。但是洛华……看，他的墓穴就跟我们昨天晚上离开时一样，这说明了我开始的猜想。”

段琴若有所思地点点头：“就是说，这个人不能被抹去，只是被隐藏了，所以当我们找到他，关于他的一切无法被改变！”

“对！”我用力一拍手，“你说的和我想的一样，现在看起来我们的推测非常有可能就是真相！”

段琴也笑起来，我把同学录找了出来，翻到洛华的照片，他的脸果然清晰地呈现在我们眼前，就跟我们打开骨灰盒时看到的他一模一样。我们又翻到那些合影，他从树丛背后出来了，从人群中露出了脸，甚至连焦黑的印记也褪色了，让他显露出来……他似乎从一个影子变成了一个真实存在的人！

“太棒了！”段琴抓住我的手，“我们可以打破这个怪圈，大鱼！我们能抓住那个捣鬼的东西，一切都会解决的！”

“是的，是的。”我抱住她，很高兴她能这样想，“不过要注意冰柜，我们可不能让这么重要的东西有什么损伤，也不能让幺幺看见。那骨灰盒你藏好了吗？”

段琴点点头：“就放在厨房的水槽柜子里，佳玲一般不会去翻那里的。”

我点点头，跟段琴收拾了厨房，准备一起出去采购。

我走进客厅，看了看水族箱。因为“驱虫药”的借口已经用过了，所以那条灰鱼又重新被放了回去，在它周围，小丑鱼只剩下了四条。

倒计时吗？

我恶狠狠地看着它们，有什么关系，我很快就会解决这些，我要我的生活恢复正常，谁都别想阻止我。

第九章 再次醒来

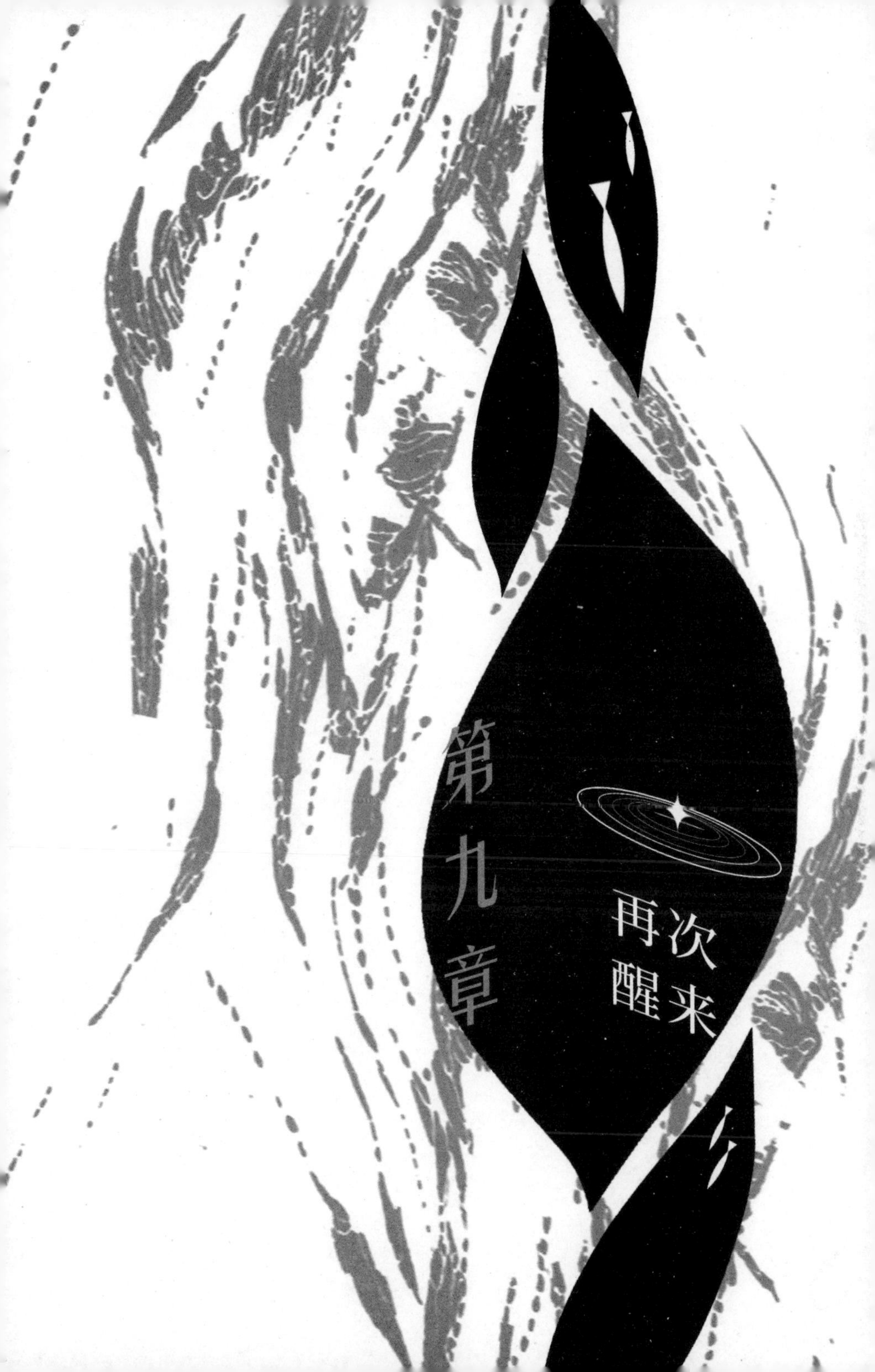

我和段琴又去买了一些冰块和肉，把冰柜填满，当作“安保措施”。

接下来我们俩开始研究那把奇怪的钥匙。那是一把很普通的钥匙，不锈钢的部分有不少划痕，似乎有些年头了。

“FF，这肯定是一个缩写。”段琴对我说。

“嗯，有储物柜的地方其实挺多的。”我想了想，不知从哪里开始查。

绿湖镇不算大，虽然各种公共设施和娱乐场所都是中小型的，但是数量挺多，健身中心、美容院、学校、体育馆、保龄球馆、医院、超市……到处都设有储物柜，其中有一部分店铺使用的是最新的电子锁，剩下的全是老式的插芯锁。

段琴和我打开绿湖镇地图，然后利用软件把可能有储物柜的地方都筛选了出来，查看它们的店名拼写，包括中文和英文的。这烦琐的工作大约持续了三个小时，我们最后找到了四个最有可能的地方。它们是：第一准心俱乐部——一个射箭俱乐部；奋发超市——专门卖无公害蔬菜的地方；还有芬芳美容院和风帆健身房。

“我们得一个一个地去找。”段琴把这几个地方的地址抄下来，“如果我们能分头行动，可能会快一点儿。”

“不，不行。”我否决了她的提议，“你忘了我们最开始说的了吗？我们俩绝对不能分开，否则有可能那股力量会乘虚而入。”

“好吧……”她放下笔，“我只是担心时间不够，你知道那些鱼……”

我笑了笑：“那就从最近的地方开始，嗯，‘奋发超市’怎么样？”

我想要给段琴灌输一些乐观的精神，我知道这几天的事情给了她很大的压力，如果不是因为爱我，她没有必要受这些折磨。快点查出真相，让我们的生活回到正轨，对于我和她都是非常重要的。

我把那把钥匙用塑料袋装起来，放进贴身口袋里，出发去奋发超市。那个不大不小的超市在一个居民区里，离我们大约三公里远，顾客主要是附近的居民。我只去过一次，段琴也是偶尔光顾。

我们把车停在超市门前的停车场上，我看着那几个缩写为“FF”的牌子，有些忐忑不安。段琴拍了拍我的手，我们一起走进了大门。

这时候顾客不算太多，工作人员也没有全部到岗。我们径直走向里面，仔细寻找着编号为 35 的储物柜。

一个保安用怀疑的眼神看着我们，段琴向他友好地笑了笑，于是他转开眼神，又去盯着走进入口的人。

35 号柜子在靠角落的位置，是那种传统的铁皮柜子，大概因为经常被使用，凹进去的把手位置被磨得很光亮。

“就在这里了！”我从口袋里拿出钥匙，想要插进锁眼里。

我的心跳快得像刚跑完十公里一样急促，但是当钥匙完全放不进去锁眼的时候，我却可耻地感觉到松了口气。

“不是这里。”我对段琴说，“完全放不进去。”

“好吧，”她点点头，“也许我们该换个地方。”

我们的低语让那个保安又忍不住看了过来，于是我们装作若无其事的模样进了超市，买了几个土豆就溜回了车上。

不知道为什么，当我用笔把“奋发超市”这个选项划掉的时候，反而感觉有点高兴。我知道这个时候我应该失望，可我也害怕真相在我面前猛地被揭开。我还没有准备好直面它狰狞的脸。

“别灰心……”段琴安慰我，“还有别的地方呢。”

我勉强地冲她笑了笑，转动方向盘朝第二个目标“芬芳美容院”开去。

大概是有了第一次的经验，我们俩接下来表现得自然多了。

我们手挽手地走进去，一边跟前台套近乎，一边找到储物柜，那钥匙仍然无法打开柜子。于是我们不得不保持着僵硬的笑容，段琴留下了空洞的承诺，才走出了这个地方。

这一次失落的感觉比上一次更强烈了，我相信如果第三个储物柜仍旧打不开，我会更加失落。但是在肥皂泡破灭之前，我无法说出丧气的话，甚至连我自己，也还在珍惜微小的希望。

第三个储物柜是在“绿湖第一准心俱乐部”，离我们更远。我对射击一窍不通，倒是段琴以前曾经参加过射击兴趣小组，于是我们装作要办理会员卡，向工作人员表示想到处走一走，看一看。

这次的谜底解开得更快，我们还没有掏出钥匙，就有一个会员用自己的钥匙打开了35号储物柜，把衣服和包放了进去。

我们勉强保持着笑容和工作人员匆匆告别，然后离开了这个地方。

“还有最后一处！”段琴看着那张写着地址的纸条，“别着急，大鱼，我们还有机会——也许是那个什么‘风帆健身房’的柜子呢？年轻人现在流行健身。”

她很担心，但是仍然在努力地劝我。

“没错，”我虚弱地表示赞同，“应该就是那个地方了，我们得赶快……”

我的话还没有说完，一阵响亮的警笛声突然从后面传来，我从后视镜里看了一眼，一辆警车正跟着我们，示意我们靠边停车。

“怎么了？我可没有超速，不会还是罗超杰家的火灾调查需要我们配合吧。”我一边抱怨着，一边停下来。

段琴紧张地望着两个警察从车上走下来：“会不会是后备厢没有关好？或者遮挡号牌了？”

我们对望一眼，不约而同地想到了拍客发的“盗墓”视频。我的额角冒出了一些冷汗。

一个警察走过来敲了敲车窗，我降下玻璃，他向我敬礼，然后问道：“孟之渝先生？”

“是我。”

“能跟我们回警局一趟吗？”

“为什么？”

“一些事情需要向您询问，请下车。”

我盯着他的脸，他友好地冲我笑着。

“什么事？”

“您去了就知道了，只是几个小问题。”他仍然没有正面回答我的问题。

“我很愿意配合您，警官。”我为难地敲了敲方向盘，“但是现在我和我老婆有点急事，很重要……”

“喂！”远处的另外一个警察不耐烦地叫道，“跟他说那么多干吗？把他拽下车铐起来。”

我吃惊地看着远处的那个人。

正在跟我说话的警察脸色立刻变了，他提高了声音：“立刻给我下车，快点！”

我心中有种不祥的预感，立刻去看他的警号：“我要看你的证件！”

那个警察下意识地捂了下胸前的号码，眼中露出凶光，紧接着就向我伸出手来！

段琴发出了一声惊叫。

我猛地一推车门，车门框正打在那人脸上，他发出惨叫，捂住脸。我火速关门，一踩油门，加速开了出去。

段琴看着那个警察从地上爬起来，跑回警车，她转过头来冲我大叫：“大鱼，你疯了！”

“他们不是警察，绝对不是！”我阴沉着脸说，“没有警察会不出示证件，还遮挡警号，谁知道他们究竟是什么人？”

段琴惊魂未定地看着后面——那辆警车因为之前的耽搁已经被我们远远地甩在了后面。

我开上了高速公路，把油门踩到最大，段琴吓得脸色苍白，但是那两个假警察最后也没有追上我们。我知道这条路不可能带我们逃出绿湖镇，况且佳玲还在邻居家，我们不能走。大约二十分钟后，我从一个岔路口拐上了去绿湖的小路。

我慢慢地在一个废弃的码头边停下车来，无力地靠在方向盘上。

段琴剧烈的呼吸声渐渐平缓了，她从车门下面摸出一瓶矿泉水，大口大口地喝起来。我坐直身体，向她虚弱地笑了笑。

“他们到底是谁？”段琴用手背抹去嘴角的水，“你说得对，大鱼，他们确实不像真警察，可他们究竟是谁？”

“我不知道，也许是抢劫犯，也许是化妆好的秘密特工……电影都这么演。”我开着无聊的玩笑，胡乱思索。

“可他们知道你的名字！”

我无话可说，心烦意乱地抓了一把头发。

“也许他们真的是警察。”段琴做着最坏的打算，“因为那件盗墓的事情才找到我们的……”

她说的也有道理，可是哪个警察会这么公然违法呢？我想到了今天早上看到的朋友圈，顺手拧开了车载收音机。绿湖镇的小电台播放着每天上午最受欢迎的轻音乐节目，但是很快就开始循环插播一条消息，关于“孟某和段某涉嫌破坏坟墓及盗走骨灰盒正被警方追查”的消息。

段琴的喉头哽了一下，双手紧张地握成一团。

“不对，不对！”我大声说，“即便他们找到了我们掘墓的证据，也不会这么快发出通缉，逮捕令的申请哪有这么快的？他们连去两江市公安局的时间都不够。这完全是个骗局！”

“整个镇子都在骗我们吗，大鱼？”段琴几乎都要哭出来了。

“我们快要找到谜底了！”我斩钉截铁地告诉她，“那股力量在反扑，它正在阻止我们揭开真相！”

“我们现在怎么办？”段琴问道，“还有最后一个储物柜没有去查，说不定真相就在那里！可我们现在回去肯定会被抓住的！”

“我们必须得回去！”我摸着口袋里的那个钥匙，“阿琴，如果不去打开柜子，我们就什么也不会知道！而且佳玲还在镇上，我们不能丢下她。”

女儿的名字让段琴理智了许多，她认同了我的意见。

“我们得悄悄地回去。”她说，“绕过那些有监控探头的街道，把车停在远一点儿的地方。如果我们被……被追捕，佳玲很可能也被他们关注到了。”

“是的，他们会把她从邻居那里接回家，还会安排一个社区工作人员照顾她，当然，也会有警察在家里等着我们。”

“也许我们应该分头行动？”段琴对我说，“我知道分开的危险性很大，可是现在我们俩一起出现，就没有办法再去打开最后一个储物柜了！”

这是一个艰难的选择，我紧紧地咬着牙，段琴的提议无疑是正确的，可分开这个举动也有可能让她再见到我时，忘记了我们这两天经历的一切。

“不管怎么说，先救出佳玲吧。”我看着妻子的眼睛，“她很聪明，我们只需要让她找个机会溜出房子。”

段琴点点头，坐到了驾驶座上：“这次我来开车，走吧。”

我们回到了镇上。

现在街上的人和我周一上班路上见到的一样，只有稀稀拉拉的几个，他们木然地走过，对于我们看都没有多看一眼。但这不能让我们放松，我们小心地在各种小巷中钻来钻去，躲避着监控，每一个人迎面走来，我们都会因为紧张而屏住呼吸。

但是最终我们到了，停在了离家六百米开外的一幢房子后面。我们脱下体面的外套，换上了车上常备的运动服装，仿佛出来慢跑的夫妻。

我们小心翼翼地跑到了家，看到一个协警正在跟一个带红臂章的联防队员说话。我们绕道去了后院，从邻居家的花园翻进去，打开厨房的后门，摸索着进了屋子。

我从厨房门口往里看，一眼就发现了被打开的水槽柜子，那个骨灰盒已经不见了。我的心往下沉，意识到最坏的情况果然发生了——他们找到了那个骨灰盒，这是我们“盗墓”的证据。

只见佳玲正抱膝坐在沙发上，果然有一个社区工作人员陪在她身边，那个胖胖的、和蔼的阿姨特意打开电视让她看，可是佳玲无精打采，似乎非常忧虑。她那么聪明，说不定已经知道了我们的消息。

我盯着她，希望她能觉察到我的存在。

或许是亲子之间的心灵感应在我的强烈祈愿下起了作用，她心有灵犀地抬头往我这边看了一眼，眼睛立刻亮了，几乎要高兴得叫起来。我连忙做了个“安静”的手势，她立刻控制了那小小的情绪波动。

我竖起拇指朝厨房里指了一下，她立刻明白了，装模作样地对那个社区工作人员说想吃冰激凌。

大约是她可爱甜美的微笑无法让人拒绝，看护她的阿姨宽容地点了点头。佳玲蹦蹦跳跳地来到厨房，打开冰箱门，正好把我和段琴挡住了。

“爸爸！”她抱着我的脖子，“哦，你真的来了，我就知道你会回来。”

我抚摸着她的头发："我当然会来，幺幺，现在听我说，把冰箱门开着，绕过饭桌，我们从后门出去。"

"别出声，千万别出声！"段琴摸了摸她的小脑袋，"好了，快走吧。"

我们三个人四肢着地，像小偷一样挨个儿爬到了后门口，小心翼翼地出了门。

"车在那头，那个小池塘旁边。"我在佳玲耳旁悄悄地说，"等下要小心，别多说话。"

"我懂了。"她乖巧地点点头，但突然又迟疑起来，"可是我的小丑鱼怎么办呢？我不在谁来喂它们，谁给它们换水？"

我怎么也没有想到她会在这个时候抛出问题来，而且还无解。我胡乱地向她承诺："那位阿姨会帮忙的，就是看着你的那位阿姨……况且我们还会回来的，又不是要离开很久。"

她用怀疑的眼神看着我，我禁不住有些生气。

这个时候，屋子里传来了社区工作人员的叫声："佳玲小朋友，你找到冰激凌了吗？"

"快！"我来不及再耽搁，一下子抱起她翻出了围栏。

佳玲忍不住惊叫了一声，声音之大足以让屋里的人听见了。

我们赶紧越过栅栏，向车跑去。我抱着佳玲，把车钥匙丢给段琴。"快，先启动！"我冲她喊着。

身后传来了两个声音，我回头，看见那名协警和联防队员正朝我追来，还叫我停下。可这不会有什么效果。我跑得像一只羚羊，仿佛正被凶猛的猎豹追捕。

突然，我听到了一声巨响，邻居家的几个花盆落在地上被砸了个粉碎，接着一股强大的冲击力向我撞来，我被扑倒在地，与此同时我的左脚砸在一块地砖上，脚踝发出撕裂的剧痛，我跪下来，连佳玲也摔在了地上。

她放声大哭，而跑在前头的段琴转头看到这一切，发出惊叫，又朝我奔来，把摔倒的佳玲扶起来。

我的脚仿佛要断了，疼得厉害，但我仍挣扎着从口袋里摸出那把“35”号的钥匙，放进了段琴手里。那个扑倒我的协警拼命想要按住我，而联防队员跟着后面，跟社区工作人员一边大喊着一边跑过来。

“去，有机会就去开那个柜子。”我挣扎着对段琴说，“我会承认盗墓的事情，这跟你无关，记住了吗？跟你无关！”

她吃惊地看着我，没有说话，慌乱地抱起了佳玲。

“别动，别动！”联防队员想要去抓她们，但我死死地拽住了他，纠缠间一个不稳，我往后一仰倒，后脑撞在地上，很快失去了意识。

我能清醒地感觉到自己在水中。

冰冷的水环抱着我，让我灼热的身体非常舒适。我仰卧在水里，摆动双腿和手臂，像鱼一样游动着。水拍打着我的脸，偶尔有些会灌进嘴里，于是我尝到了些微甜味。我透过泳镜能看到碧蓝的天空，偶尔有鸟飞过，如同一道道黑点在画布上游动。微风拂过水面，带着榕树的清香。

我的身体中充满了力量，每一次抬手都异常轻松，我能看到自己黝黑、有力的手臂，手腕上戴着黑色防水腕表，那红色的指针让我突然想起来——

这不是我，这是洛华！

我大叫起来，手脚抽筋，立刻开始下沉。

我的肩部和手背传来刺痛，接着有人叫了我的名字："孟先生……孟之渝先生，孟先生！"

我睁开眼睛，一群人正在我身边忙活着，他们穿着白色的外袍，还有一些女人戴着白色的帽子。

"你终于醒了。"一个头发花白的男人说，"孟先生，我就觉得奇怪，您的脑部没有淤血，为什么会一直昏睡。"

我摇了摇剧痛的头部："你是谁？"

"我叫肖钰，你的主治医生。"

"我昏迷了多久？"

"两天。"他用手电筒照着我的眼睛，"CT扫描并没有什么问题，可是你一直在昏睡。"

我又动了动左脚："我的腿没事吧？"

医生呆了一下："哦，我想是的，你只是从楼梯上摔下来了，头部受到了轻微的撞击，另外扭伤了脚踝。"

我呆了一下，这才分辨清楚自己真的没有幻听："请再说一次……"

医生皱起了眉头："难道是听觉出现了问题？"

我倒在病床上，左右看了看——这是一个很寻常的三人病房，但左右两个床位都空着，只有我虚弱无力地躺在中间，正挂着吊瓶，脑袋确实有点痛。我看着蓝色的天花板，突然觉得非常疲倦："让我独自待一会儿好吗？"

"我当然同意。"他同情地看着我，笑了笑，"不过你爱人和女儿正在外面。"

我心中冒出了一点点希望，急切地说："麻烦请她们进来。"

医生非常体谅地笑了笑，带着护士们走出去。不一会儿，段琴和佳玲从门外进来，紧紧抓住我没有输液的那只手。她们穿着干净、整洁的衣服，看上去气色很好。

"太好了，你们都没事……"我把她们的手紧紧攥住。

"我们当然没事。"段琴摸了摸我的脸，"你怎么样，大鱼？你一直没有醒，医生却查不出原因，我被吓坏了！"

"为什么我会在这里？"我问她，"什么摔下楼梯？告诉我前因后果！"

她同情地看着我："你忘记了吗？不过也对，你的头部受到了一点撞击。两天前你准备去上班的时候从楼梯上摔下来了，陷入昏迷，我当时正在厨房为佳玲的'甜心餐'做准备。医生给你做了很多检查，确定脑部没有淤血，可是你一直闭着眼睛。你不知道这两天我和佳玲多担心……"

不！

我看着她柔软、娇嫩的嘴唇，在心底狂叫：我不是从什么该死的楼梯上摔下来的，我只是被人扑倒以后撞到了头！隐藏在我身边的神秘力量又一次妄图篡改我的记忆！但是现在它失败了，它不能再说服我轻易相信它给我设定的生活！

它骗了佳玲，骗了段琴，但是它骗不了我！

"好了，"我打断了段琴的话，"你有什么东西给我吗？比如钥匙啊这些。"

她用困惑的表情看着我，仿佛听不懂我在说什么。我的心一点一点地沉下去了。

"什么样的钥匙，大鱼？你嘱咐过我要带钥匙吗？"

"只是我办公室抽屉的钥匙。"我随口敷衍道，"领导们对这些东西比较看重，你知道的。"

"抱歉，我下次给你带来。"她摸摸我的额头，随即又笑起来，"不过，今天有别的礼物，幺幺说说你给爸爸带了什么？"

我的小公主笑眯眯地爬到我身边，松开拳头，一个被链子拴住的挂坠垂下来——那是一条快乐、可爱的小丑鱼，咧着嘴，保持着游动的姿势。

“是尼莫！”她高兴地叫道，“我把它绑在你的床头上好吗？”

我舌头僵硬，几乎不能说话，呆呆地看着那条橡胶玩具鱼，觉得那张裂开的嘴仿佛是在冲我大笑，带着一种无法掩盖的恶意。

“怎么了，爸爸，”佳玲的小脸垮下来，“你不喜欢吗？”

“不，不。”我回过神，“我很喜欢，幺幺……来吧，来把它绑上去。”

佳玲重新笑了起来，她把那条小丑鱼绑在了我的病床床头。

我笑着伸手拨弄了它一下，闭上眼睛。

段琴抚摸着我的头发，用担忧的语气问道：“怎么了，大鱼，哪里不舒服吗？”

“我只是累了，”我拍拍她的手，“大概是因为肚子太饿，还有我刚刚才醒过来。”

“嗯，那么，你再好好休息一下，我去跟医生谈谈。走吧，”她对佳玲说，“我们让爸爸睡一会儿。”

佳玲依依不舍地看着我：“你会很快回家吗？”

“当然。我很快就会出院，然后就回去和你们在一起。”我看着她的眼睛向她保证，那是漂亮的眼睛，虽然也是黑色，但跟我的黑色眸子不一样，里面是有光的。

佳玲露出灿烂的笑容，牵着她妈妈的手，一蹦一跳地出了病房。

我凝视着她们的身影消失在外面的走廊里，转过头看着天花板。

我想我的确是明白了一些事情：我昏迷了两天，也就是说现在是第十天，我自从十天前醒过来，就陷入了一个圈套。我的模样被改变了，我的生活完美无缺，拥有漂亮的妻子、听话的女儿；失去的朋友重新活了过来，围绕在我周围，生活得美满、幸福；有些悲伤的记忆被封存起来，没有人再提起——如果被揭开，也很快被擦去……

绿湖镇安静、祥和，气候宜人，到处都没有纷争，我们和所有的人相处愉快。这里几乎就是天堂。

当然，也只是几乎。

我心中有些可怕的猜想，我甚至猜到究竟是谁主导了这一切，但我由衷地希望这次是我错了。

我拔掉了手背上的输液针头，从床上坐起来——还好因为我醒来了，那些监控脑电波和心跳的仪器已经被拆了。我悄悄地下了地，感觉左脚有些刺痛。我试着踩了两下，还能走，也能用力。

我从柜子里找到了外套，摸摸口袋，手机还在里面，这实在是太棒了。

我努力让自己的行走姿势正常一些，装成一个最不起眼的病人，从电梯下到底楼，然后寻找着停车场中的机会。

终于，我在一个角落发现了一辆破旧的自行车，它孤零零地停在那里，被几辆高大的货车遮挡住了，上面落满了灰，不知道是谁遗留在这里的。

我骑着它溜出了医院，一直向绿湖骑去。

那把钥匙，就是挂牌上写着“FF”的钥匙，其实并不是属于城里的某个美容院的储物柜，不属于人来人往的超市，不在这些热热闹闹的地方。

我想我从梦中得到了真正的答案——那是属于绿湖的钥匙，我得去那里寻找它指向的东西。幸运的是，我想起来一个符合的地方。

我骑着车来到了绿湖周边，把车停在一个隐秘的草丛里。

洛华在绿湖里游泳，他才是这一切的钥匙，我知道那个梦告诉我的是：答案在绿湖。那个小小的湖泊有人游泳，有人划船，那么附近一定会有配套的设施，这一切都表明，那里应该有一个器材租赁的小店，甚至还提供更多的度假服务。

我沿着湖跌跌撞撞地寻找着，捡起一根树枝当作拐杖，一瘸一拐地避开那些经常有人的景区和适宜于野餐的平坦空地，走入了绿湖边缘鲜有人至的区域。

这时候天色已经接近黄昏，眼前的景色与我们过去游玩过的绿湖完全是两个模样。榕树树干粗壮、枝叶交缠，将天空遮蔽了大半。野草则更加茂盛，似乎要把每一寸空地都填满，挤挤挨挨地拥在一起。

在树木和野草的共同作用下，尽管晚霞的余晖还挂在天空，但树林中竟黑得像夜晚。它们那样的姿态，仿佛是在防备外人的进入，这种联想让我忍不住打了个冷战。

我打开手机自带的手电筒，然后朝林子里晃了一下，毅然走了进去。

我的左腿依旧疼痛，在满是杂草和落叶的泥土地上行走，鞋子很快就弄得污秽不堪，拐杖也沾上了泥。不时有些虫子飞进衣服里，蛰得我难受。草叶的锯齿弄得皮肤又痒又痛，我不得不几次裹紧外套，不让它们有更多的机会。

我不知道在这林子里走了多久，也看不清方向，天什么时候全黑的我更没有注意。我只是相信，如果洛华在这里游过泳，我和其他人在这里划过船的话，在绿湖的某处一定有个小码头，那里树木会变少一些，或许还有片空地，是一个适合做生意的地方。

我得找到它。

我越走越累，脸上被树木的枝条抽出了几道血痕，双腿也有些发抖。

我加快了步子，用拐杖拨开面前的杂草确认道路情况是否可以继续往前走。谢天谢地，我发现那些树木渐渐变得稀疏了，无数的树冠中间露出一点点墨蓝色的夜空，而月亮的银光从那些缝隙中洒落下来，照着前面的石板地。

是的，石板！它们是由不规则的地板石材拼凑起来的，牢牢地嵌入了土中。这是多萝西的黄砖路，沿着它走过去就能抵达奥兹国的翡翠城，看到魔法师的真面目。

我像很久没有上过陆地的水手一样，蹒跚着走上那几块光滑的石板，我知道自己已经走出了绿湖边的密林，找到了想要的东西——

石板路的尽头，有一座腐朽的木质结构房屋，它并不大，像个私人车库，屋前立着个锈迹斑斑的金属牌子，写着“码头由此去”，但是箭头所指的方向只有一片茂密的野草和荆棘，连栈桥的影子都看不到。

那房子屋顶中间塌陷了下去，但竖起的招牌还在，我用手机灯光照了一下，依稀看见几个红色的大字——飞鱼泳具，在中文下方是装饰用的英文花样字母“Flying Fish”。

“FF”的缩写！

我几乎能肯定，那把钥匙真正能打开的35号储物柜，就在这里。

我深深地吸了口气，绿湖凉丝丝的空气充盈着我的肺部。我慢慢地朝着那黑咕隆咚的废屋走过去，搬开倒落在门口的“欢迎”标志牌，踢走碎玻璃，推开了吱嘎作响的门。

手机的灯光扫过，有几只不知道是狐狸或者野兔什么的小动物从窗口蹿了出去。

我打量着四周，鼻子里闻到了腐败的臭味和潮气。这里面空空荡荡的，有些地方挂着破旧的泳帽和泳镜，还有些救生圈堆放在墙角，全都落满灰尘，地板和家具上还有很多枯草和树叶。而储物柜靠在进门后右边的那一排墙上，柜门要么大开，要么因为锈蚀而整个脱落，保持完好的只有几个。

我挨个儿找过去，终于在中间发现了“35”号。它紧紧地关闭着，好像咬紧的蚌壳。

我把手机放在旁边的柜子上，灯光对着柜门，然后低头寻找工具。

我先用一块塑料碎片去撬，但是它纹丝不动，我又找了一根铁丝，想把锁捅开。我的手控制不住地发抖，铁丝好几次都从锁芯里滑了出来，更有好几次我因为掌心的汗水而无法使力。

心中迫切的期待终于让我丧失了耐心，我狂怒地拿起一只倒在地上的木凳，狠狠地砸向那个储物柜。随着几声“哐啷”

巨响，门终于被我砸开了。

我丢下凳子，掰开那变形的柜门，哪怕手掌被翘起的铁片划伤也没在意。

柜子里空荡荡的，只有一张纸躺在里面，我把它拿出来，凑到手机的灯光下——

那是一张相片，父母和孩子一共三个人，靠在一起笑得很幸福。女儿大概六七岁，有着圆圆的脸蛋和漂亮的眼睛，笑起来能看到因为换牙而缺了一颗门齿；妻子长相甜美，有着卷曲的头发和沉静的眼睛；而那个丈夫身材高大，皮肤黝黑，笑得很阳光，左脸眼下有一颗不大的黑痣。

我盯着这张相片……是的，我想它就是真相。

我坐下来，想着那个了解我的生活，知道我的过去，却又不那么一清二楚的人，想着这前前后后所有的事。

我捏着那张相片，就好像从浮冰上落到了水里，全身都被冰凉刺骨的水包围着。我的血液都快要凝固了，似乎一切的声音都从我耳边消失了，我和这个世界被割裂开来。

我看着那张照片，终于想起来：这个三十五岁上下、高大健壮、双眼皮，且脸上有颗黑痣的男人，名字叫作“孟之渝”，而长着及肩长发和丹凤眼，矮小单薄的“我”，叫作洛华。

第十章

何为虚假

我已经找到了要找的东西，这证明了一件事：从一开始我的记忆就没有骗我，我看到的镜子里的人不是我，我应该长成照片上那个模样，那颗没有腐烂的头属于我原本的身体！

而操纵这一切的人，我也能够猜到。我是那么爱她，以至我从一开始就回避了一切对她的怀疑。但是现在，在这张相片面前，所有的怀疑就像土里冒出的蘑菇一样，一丛丛地聚集在一起。

我把相片按在胸口，低下头，死死地握着拳头。这一刻我知道，漂亮的缎带被解开了，华丽包装下的腐烂水果就要散发出臭气。

我听到了一阵细微的沙沙的响动，就好像蛇游动在沙土地上，我的心跳加快了，一种可怕的预感像黑天使一样从半空中降临——

“爸爸……”

门口传来了一个清脆的声音，带着一点点的奶音，蕴含着欢乐和惊喜。

我抬起头，看见佳玲站在门口，笑嘻嘻地看着我。她穿着一件粉色的连衣裙，上面干干净净，脚上是一双白色的皮鞋，连一点泥土都没沾上。她的头发披在肩上，头戴一根漂亮的蓝宝石发带。胸前抱着一个透明的玻璃罐子，里面有两条鱼：那条长相狰狞的灰鱼，还有最后一条小丑鱼。

我静静地看着她，没有说话。

“为什么要逃出医院？”她噘着嘴，用责备的口气说道，“你不知道大家有多着急吗？你有轻微脑震荡，脚踝的扭伤也没有好。走吧，快跟我回家去。”

她向我伸出手，白嫩的掌心仿佛能发光。

我端详着她的脸，联想到那照片上的模样，她是多么可爱啊，就好像洋娃娃。

“为什么不走呢，爸爸？”她奇怪地盯着我，“这里多脏啊，又黑又臭，还有老鼠和虫子。我们快回家吧，妈妈炖了汤，还做了红烧肉。”

我张了张嘴，说话的时候却发现声音变得那么干涩：“不，我不想回去。不如我们坐下来谈谈？”我对她说。

她嫌恶地看了看周围，皱着小鼻子。

我笑起来，脱下外套，铺在一个没了靠背的椅子上。于是她坐下来，仍然抱着那个装鱼的玻璃罐。

我靠近她，坐在地上，仰望着她的脸蛋："告诉我，幺幺。为什么要这么做？"

"做什么？"她歪了歪小脑袋。

"你篡改了我的记忆，是你让我周围的一切都不正常！"

"我做什么了？"她委屈地看着我。

"你把我困在绿湖镇，让我忘记自己的模样。你让死去了很多年的罗超杰和胡倩复活，让范老师和乔叔叔死而复生，我们都在被你任意操纵。你是怎么做到的？"

"我想想就可以了。"她得意地看着我，摇晃她小小的手指头，"我有魔法，爸爸，就像我画了画，没画好，用橡皮擦一擦，再重新画就可以了。我只要努力在脑子想好新的画是什么样子，这一点都不费劲。"

我苦笑着摇头："幺幺，不是这么回事，人生不是可以擦除的画，你还小，不懂这些道理。"

"我不小了，"她烦躁地甩动着腿，"别这么说我，爸爸，我做的事难道对你不好吗？你小时候喜欢过的那个胡倩很早就死了，我让她复活、长大，而且拥有幸福的生活，还生活在你看得见的地方；你的好朋友罗超杰在救火中牺牲，我让他作为一个英雄活着复员回家；你说你尊敬范老师，喜欢乔叔叔，我让他们保持着原来的模样生活在你周围，你难道不为这些变化而开心吗？”

“可是胡倩早就死了，罗超杰也死了，范老师、乔勇，他们都已经走完了自己的人生，现在不过是在重复过去的日子，他们活在过去，一遍又一遍地……”

“那又有什么关系？”她的表情木然，“你应该很高兴看到他们啊。如果你安静地接受，就可以过得很快乐！”

“因为我不安静地接受，所以你就要烧死罗超杰和胡倩吗？”

她捂着嘴偷偷地笑了：“既然你已经确定他们死过了，那我烧的就算是空房子吧。”

“佳玲！”

“别冲我嚷嚷！”她尖叫起来，“都是你非要去找什么真相，我已经很努力很努力地让故事圆满了。我们明明可以很快乐的！”

“这都是假的！”我抓住她的肩膀，“你到底是怎么弄出来的？你用了什么办法？啊？魔法是什么？你学了什么法术吗？还是特异功能？”

她脸上显露出一丝震惊，但是很快又微笑起来：“不，爸爸，这是我的世界，除了我，没人能这样。”她用儿童特有的天真、得意口气说道，就好像在炫耀考了满分的试卷。

“什么意思？”

“哦，你想知道的话我们俩可以做一个交易，你告诉我，我告诉你……”她看了看外面的月亮，慢腾腾地对我说，“我知道你一直在追查真相，可是为什么会怀疑到我？我遗漏了什么。”

我放开她，慢慢地坐回地上，眼睛盯着她手里的玻璃罐：“我其实很蠢，从最开始我就感觉到一切不对劲了，但是我并没有想那么多，以为只是自己生病导致的记忆错乱。后来一天夜里我开车想离开这里，却发现只能在高速公路上打转，我才明白我被困在了绿湖镇。”

“嗯哼，”她点点头，“是的，这只是一个小小的圈套，我想让你待在这里，爸爸。”

“那只是让我察觉了不对劲，真正让我怀疑到你身上，是有一天你告诉段琴你和朋友们的‘甜心餐’是在星期三，她给你做了；但是后来段琴在医院说她又为你做了一次‘甜心餐’，所以我猜，她的记忆时空其实也已经被你限定了。当她跟我在一起，她的思维就是和我同步的，而她和我分开，跟你在一起的时候，就会重新回到你设定的这个时空中去。”

她的鼻子皱了皱，仿佛很得意。

“但最重要的还是鱼，”我指了指她怀里抱着的玻璃罐，

"我早该想到的，你妈妈告诉我这些小丑鱼是在你强烈要求下才来到这个家的，而我的记忆里从未有过它们的存在。无论小丑鱼为什么会每天消失一条，它都代表了一部分你的意志对吗？"

佳玲默不作声，只是把抱着玻璃罐子的手臂缩紧了几分。

我继续说道："当我们冒险回去找你的时候，你是故意在拖延时间，好让那个社区阿姨发现你逃走，让辅警和联防队员追上我们。"

"很抱歉让你受伤。"佳玲眨眨眼睛，"我真的不是故意的，可是你看，这也被修正了。你的伤没事了，对吧？"

"是的，你修正了一切，却忘记了你只知道我的一部分过去，无法知道全部，所以只能掩埋和封闭你知道的那些。这就造成了我周围的环境呈现出一种不和谐的诡异感，你就没想过我会对此感到怀疑吗？"

"可我做得挺合理的啊。"

"你可以改掉范老师和乔勇的记忆，却不得不让他们倒回去世前的生活；你让胡倩复活，却没有办法消除她和我在小学时共处一个教室的证据。"我又顿了一下，"甚至连孟之渝，哦，或者说，洛华，你也同样不能完全替换他们。否则为什么你不在我们挖出了骨灰盒以后像之前那样让坟墓恢复如常？或者是让这个储物柜里的东西消失呢？"

佳玲的脸色变得难看起来，她的表情告诉我她的确不能。

“我尽力了，”她委屈地说，“把你和真正的孟之渝的模样互换，是我能做的极限了！因为你是这一切的中心，真正的你没法改变，否则就动摇了这个世界的根基。”

“什么根基？”我牢牢地抓住她最后一句话，“什么叫作‘这个世界’？”

她抿着嘴，好像觉得自己泄露了什么秘密。

“为什么要为我做这些？”我又追问道，“如果说你是为了让我开心而复活我的朋友们，把我的外表和别人互换，又是为了什么？”

她盯着我，沉默了一会儿，突然站起来，把玻璃罐子放在椅子上面，然后走到我跟前，用温热的小手捧着我的脸。她的眼睛里有些闪烁的东西：“乔叔叔不是已经告诉你了吗，爸爸？或许你认真地想，就能回忆起来。”

她的掌心滚烫，那热气传递给我，一种奇怪的感觉从我的心底升起，让我一阵眩晕。与此同时，我听到了水的声音，一种从大脑深处涌出的巨浪一下子拍到我面前。我的眼前一黑，再次感知到光线的时候，仿佛陷入了一场巨幕电影中。

我成了一个观众，重新观看自己的人生——果然是这样，梦中的我所看到的身体，是我真正的身体，而正如乔勇所说的，我淹死了洛华。

此刻一直锁住我记忆的封条被揭开了，仿佛潘多拉魔盒被打开一条缝，所有的画面都争先恐后地涌出来。

是的，高中时，我和乔勇他们几个，以及洛华来绿湖玩，那时候绿湖没有多少游客，除了几个毛头小子，并没有太多的人会来。我们带了泳衣泳裤，在飞鱼泳具租了一个简陋的橡皮艇和渔具，几个人划着船往湖中央去了。

有白鹭像精灵一样飞过我们的头顶，降落在远处的湖边；有风从树林中吹过，让湖水荡起涟漪；我们的笑声远远地传出去，飘荡在湖面上。我们无忧无虑，毫无畏惧，仿佛这个世间的快乐都聚集在我们怀中。

把橡皮艇发动机关闭后，我和其他人都跳下水游泳，而洛华说想钓鱼，我们就把他留在了船上。十几岁的我完全是个毫无理智的混球，只想捉弄老实的洛华。游了一会儿后，我悄悄返回橡皮艇旁，发现洛华果然在聚精会神地拿着钓竿试图钓上一两条肥美的湖鱼。

我跟乔勇他们打了个手势，靠近橡皮艇尾部，偷偷放掉了气，随后便游到远处等着看洛华的笑话。

沉迷于钓鱼的洛华原本就坐在橡皮艇的最前面，一直到橡皮艇瘪下去，失去平衡落到了水里才发觉这一切。我们几个没心没肺地在远处嘲弄他的狼狈，我以为他能够游过来，大不了就是弄丢钓具，被家长骂一顿。然而他扑腾的过程中，竟然在浅水区被水草缠住了脚。

当我发现不对劲的时候，拼命地游向他，我想拖着他离开，但是他在惊慌的挣扎中死死地箍住了我……我们俩都沉了下去，多亏乔勇和其他人赶来救起了我，而洛华则因为窒息的时间太长，在我们返回岸边前就停止了呼吸。

这件事成为我心中的一道伤疤，深深地刻进血肉里，不断流淌着悔恨的脓毒。因为我们不敢告诉警察和父母真相，在众人的商量下，统一口径说是一场意外——事实上它确实是一场意外，除了它原本不该发生之外……

尽管没有外人知道，但事实就是，因为我的恶作剧，一条生命消失在了绿湖。

“电影”在一片深绿中结束了，屏幕变回了一开始的黑色。我感觉眼睛发痛，眼泪流下，带着灼人的温度。

“我专门去查了下什么叫负罪感，我觉得这应该是你心里最难过的一个坎儿了。”佳玲同情地看着我，“爸爸，你肯定好奇为什么我会知道，对吗？以前乔叔叔来看你，你们俩喝酒喝多了的时候，你主动说过‘洛华’这个名字，乔叔叔跟你一言一语说了点儿，我就猜到了大半。我在想，我也许可以帮帮你，让你忘记那件事，比如让洛华活着……看，你用洛华的外表活下去，也是一种赎罪吧。你想啊，你每次照镜子，就好像看着洛华活着，这不是很棒？我想这样你能稍微平衡一点儿，就不至于老是耿耿于怀了。”

我擦去眼泪，不敢相信她竟然能知道这些。

“我真的就听你们俩喝醉的时候说了几句，”她仿佛明白我心里想的，“现在看来我猜得还是挺准的！”

我无暇理睬她小小的自得，决心结束一切：“够了，如果你能修正我的生活，那么就让这个世界恢复正常吧，或者让我们离开……离开绿湖镇……”

佳玲皱起眉头，仿佛我的提议让她变得不耐烦了，在她眼中，我简直是个不识好歹的人。

她焦躁地走来走去，转过头对我叫道：“为什么你老是这么爱啰唆？绿湖镇不好吗？简单地生活不好吗？你和我、妈妈，我们三个在一起，你不用烦心工作，不用为了加班而和妈妈吵架，不用为了我箍牙齿而担心钱不够，也不需要担心我考不上好的学校……你离开了这里，又能怎么样呢？我们在这里明明拥有完美的生活啊。”

“可这些美好的东西都是假的！”我忍不住冲她吼道，“现实不是这个样子的！”

佳玲愣住了，又突然笑了一下。这笑容并不属于一个七岁的孩子，反而应该出现在成年人的脸上。但那笑容转瞬即逝，如同刮过的一阵风。

佳玲冲着我一边叹气一边摇头，仿佛很遗憾，好像她觉得我在做着一件傻事。

我笑起来："怎么，你不同意我的看法。"

她在我面前蹲下来，仰着头，用闪闪亮亮的眼睛专注地看着我，说："爸爸，你能碰到我吗？想摸摸我的头发吗？"

我慢慢地伸出手，在她带着蓝宝石发带的头发上缓缓地抚摸，她的头发就像缎子那样顺滑。

"你看，"她说，"我不是实实在在的吗？"

她忽然又抓住我的手，不轻不重地在我手腕上咬了一口，就像一只小猫样的力道，有点刺痛，但又有点痒痒的。

"你不也是实实在在的？你有感觉，是吧？"

我看着她，没说话。

她笑眯眯的："这不就是现实吗？"

我一时语塞，只觉得皮肤上的触感越发鲜明。能听、能看、能触摸，我和她都是如此。

佳玲又接着问我："什么是现实啊？当你觉得它们是真的，那就是真的，只要能看到、能感觉到不就好了吗？"

她的口气里带着困惑，就好像我理解不了迪迦奥特曼有多棒一样，所以我永远没有办法让她明白我所看重的东西。

我失望地看着她，心中忽然平静下来，我是了解她的呀。她是个小宝贝儿，我和段琴只有她一个孩子，只要是她需要的，我们都会努力去做，我们虽然总有失误，可还是尽量去当最好的父母，她知道我们很爱她，我也知道她爱我们。可能有时候，她会认为她想要的，就是我们想要的，她的幸福就是我们的幸福。

“也许你是对的。”我看着她，尽量用柔和的口气向她请教，“可是……现实之所以被称为现实，就是因为它不会因为我们的意志而改变，你知道吗？我们并不能掌控一切。”

她突然笑了一声，俏皮地冲我眨眨眼睛：“我能向你保证，爸爸，没什么可怀疑的呀，跟我来，来——”

她一手重新抱起装鱼的玻璃罐子，一手拉着我走出了这个朽败的小屋，当迈出大门以后，我看到面前的杂草消失了，露出台阶下的一大片空地，石板路通向木制的栈桥。佳玲放开我，捧着玻璃罐，一步一步地走上了栈桥。

“你去哪儿？”我隐隐约约觉得不安。她还是我的女儿，我笃信这一点，即便她承认了那么多超现实的事情，可我没有一点儿恐惧的感觉。我知道我会接纳一切关于她的真相，不管这真相多么奇特、恐怖，令人难以接受。

佳玲没有回答我，而是继续朝前走。这让我担心起来，我跑过去，跟上她。

她来到了栈桥的尽头，高高举起了玻璃罐子。月光照着那条仅剩的小丑鱼和灰鱼，我能看见它们相互撕咬，小丑鱼绝望地挣扎着，而那条灰鱼的双眼却发出了红光。每次它咬在小丑鱼身上，我都能看到一种银色的碎屑飘落下来，却没有血迹。

这景象让我感到毛骨悚然。

“住手！”我想要夺过这个玻璃罐，阻止那条灰鱼。

但是佳玲突然把将手一歪，把两条鱼连同水全部倾倒在了绿湖中。

“你在干什么？”我吃惊地问道，“这是什么意思？”

她默然地低头，伸出手指指着水面上不断荡漾的波纹。

渐渐地，一簇小小的火苗从波纹中间爆出来，蓝色的、阴沉的。水好像变成了油，火苗迅速地引燃了更大片的区域，蓝色的火焰圈不断扩展，向着整个绿湖进发。它们越烧越剧烈，最后变成了一人高的火墙，连岸边的树都被点燃了。绿湖变成了一片火海，火舌仿佛有生命力一样，不断地扭动着身体，蹿向天空！

我下意识地张开手掌挡在面前，烈焰映红了半空，但我并没有感觉到热浪袭来，甚至连风将火焰和烟尘吹向我的时候，也没有炽热和呛人的味道。

难道是幻觉吗？

我放下手，看到佳玲笑着说：“不用害怕，它们其实一点也不烫。”

“你在操纵这一切吗？”

“我想一想，这是可以做到的，”佳玲拍拍手，很轻松的样子，“你看见了吗爸爸，我能做的事情很多很多，我很厉害哦，这个世界都听我的。”

我知道她喜欢夸耀的小毛病，最后那句话必然不是实话。

我看着她：“你的意思是，我如果配合你，什么都会像之前那样‘恢复正常’，但是那些小丑鱼又为什么会存在？”

她的笑容不自然地僵硬了一下，随即跺跺脚：“好吧，你的确猜得很准，爸爸。那些鱼的确是倒计时的标记。我只有十天的时间让你心甘情愿留在这里，我原本觉得够了，谁会不想过上这样美好的生活呢？你、我还有妈妈一起留在绿湖镇，我们会过上最最最完美的日子，这多开心啊。”

“幺幺，你说，如果你知道一个蛋糕是蜡做的模型，你还会吃掉它吗？”

她的笑容终于凝固了，然后飞快地从她的脸上褪去。

“还有，我觉得这个世界并不是所有的一切都听你的。”我继续向她进逼，“我总觉得你还是有很多没法控制的事情，因此也没有真正‘完美的日子’。”

她瞪着我，就像以前委屈时那样，慢慢地红了眼圈。

“爸爸，”她低声说，“我真的很喜欢跟你在一起，可是……你要是想走，我也没办法啊。”

“去哪儿？”我莫名其妙地看着她，“你是说我们可以离开绿湖镇了吗？”

她突然扑过来抱住了我的腰，仰起小脸儿，那泪汪汪的样子跟她第一天去幼儿园时一模一样——她那么地眷恋我，紧紧地抓住我，不愿意跟我分开。

“爸爸，”她轻轻地哽咽着，“我们谁都没有必要离开这里，你、我、妈妈……你会和我在一起的，对吗？”

我的喉头哽住了，无法回答她。

佳玲用力摇了摇我，继续说道：“真的，你好好想一想。还有妈妈呢，她可比你更喜欢这里。”

是啊，还有段琴，她又知道多少呢？她已经跟我分开了一段时间，跟佳玲在一起，我没有把握她还能保持清醒的思维。

我摸着她的头发：“妈妈在哪里？”

小姑娘抬起头，脸上有些惊喜：“当然在家里。”

我们两个回家了，就在眨眼之间。

我只知道佳玲握住我的手，说了声“走吧”。就在瞬息间我站在了家的客厅里。

我已经很难对这样的变化产生强烈的不真实感了，而佳玲更加若无其事。但我想她或许是有些焦躁的，焦躁到已经不想让我再骑着车带着她，磨磨蹭蹭地耽搁好几个小时才回到家了。

我环顾着这间熟悉的屋子，装修的时候佳玲还在读幼儿园大班，我们专门给她在客厅的一角留下了空间，因为她说等她上了三年级就要养只小狗，要给狗狗买个小房子一样的狗窝。而我和段琴都不喜欢流行的欧式装修，只选择了简约的风格，家里的家具都是纯色，沙发也是清清爽爽的布艺沙发。现在布面上有几点显眼的淡红色，那是佳玲坐上面吃火龙果的时候不小心弄上去的，颜色就洗不掉了。

我们在客厅旁边没有留老人房，而是给段琴改建成了一个工作室，里面有书架，还有她的工作台，有绘图桌——放着颜料的台面，还有用于后期处理的扫描仪和电脑。工作室里的地毯是她自己选的——深色的星空图案，她说在工作的时候就仿佛飘浮在宇宙中。

“走啊，爸爸。”佳玲站在楼梯上转身对我说，对我发呆的样子有些不满，“妈妈在楼上。”

我跟着她上了楼，楼梯旁边的墙上是我们三个人，以及跟很多亲人、朋友的合影。我能说出每一张合影的时间、地点。我看着这些合影中的佳玲，从一个婴儿长成可爱的小女孩儿。

一直到二楼，墙上的几个相框中是空白的。我站在那里，忽然想不起这里面有什么。

“你说留着等我长大了放毕业照进去，”佳玲冷漠地说，“走吧，反正现在什么都没有。”

我把视线从相框上收回来，跟着她来到了我的卧室。

卧室中拉着窗帘，只有床头柜上放着的台灯亮着，照出一小块橙色的明亮和温暖。我走过去，轻轻地俯下身子：段琴闭着眼睛，脸色红润，微微张着嘴，睡得非常安逸。在灯光的照耀下，她美得不真实。我忽然有种感觉，如果她能这么没有噩梦地睡着，而醒来时无论发生什么事，只要不记得，就能保持着原来的样子生活下去。

这样的念头让我突然不敢去碰她，就好像她是一个肥皂泡，如果被我吵醒以后就会破灭。

我的身后传来了啪嗒啪嗒的跑步声，佳玲跑到了我跟前，一下子扑在床上，爬到了段琴的身边。她搂着段琴，眼睛却看着我：“来，爸爸，叫醒她。”

我看着这一大一小，她们凑在一起，更显得五官如同一个模子里印出来的。

佳玲向我伸出手，她的小手也被灯光染上了一层温暖的橙色，似乎握住这只手会让我感觉很舒服。但我没有动，就好像一尊僵硬的雕像。

这诱惑如此巨大，因为只要伸手抱住她们，似乎就能够抱住整个世界。

“爸爸……”佳玲又在用软软的童声叫我，我的眼眶发烫，泪水不顾一切地涌出来。她看着我，手臂还那样伸展着。我死死地咬着牙，喉头哽咽，却捏着拳头，全身发抖。

佳玲有些失望。

“那好吧。”她转过头来，“我自己叫妈妈起来。”她使劲摇着段琴的肩膀，呼唤段琴。

孩子的呼唤永远能唤醒母亲。当佳玲还是个婴儿的时候，无论段琴睡得多沉，只要佳玲在小床上一哭，她就会立刻睁开眼睛，准确地看向那个方向。

现在也不例外。

段琴坐起身来，起初眼神中还有点迷蒙，但发现叫醒她的是佳玲，立刻露出了笑容。她轻轻地捏了捏小姑娘的脸：“怎么了，眼睛红红的，哭鼻子了吗？”

佳玲一个劲儿地点头，向她告状：“都是爸爸，是他不乖的。”

段琴看向我，笑着问道：“大鱼，你怎么惹幺幺生气了？”

我的泪忽然漫出了眼眶，完全止不住，段琴吃惊地看着我，显然无法理解我这是怎么了。

“爸爸说要离开这里，”佳玲抱着段琴的胳膊，在她耳边轻声说，“妈妈，你不会像爸爸一样把我丢下，对吗？”

“这不公平！”我突然踏上一步，对佳玲吼道，“你应该让她知道真相！”

我在床前半跪下来，抓住段琴的手，急切地对她说道：“你忘记了吗，阿琴？在我的腿受伤住院前的一切，难道你都忘记了吗？”

我抹了把眼泪，告诉她我们在几天内做了多少惊世骇俗的事情，我们如何在迷雾之中相互扶持，一点点去寻找真相。那些暴雨和泥泞，那几个死而复生的朋友，那些疑惑、恐惧和暴怒，而这一切的始作俑者，正是我们最爱的宝贝，我们的幺幺。

段琴任由我握着她的手，不停地絮叨。她的表情从惊愕，渐渐地变得迷惑，接着又变得哀伤……最后她低下头，我看到两滴眼泪落在她的睡衣上。

“妈妈……”佳玲轻轻地靠在她的身边，把头埋在她的胸前。

段琴没有推开佳玲，即便听我说出真相，她还是轻轻地抱住佳玲，抚摸戴着蓝宝石色发带的脑袋，而她的眼睛却看着我，仿佛注视着我的时候带着大梦初醒的感觉。

“大鱼……”她说，“这一切太疯狂了，是吗？”

“这都是假的，阿琴。”我轻轻地对她说，“这一切的幸福，都是假的。范老师、乔勇、罗超杰、胡倩……他们都是假的。这样的生活让我感觉不好，虽然我很舒服，可是所有的瘾君子都会说嗑药的时候很舒服，我不想这样……更何况我骗不了自己。”

她痛苦地皱起了眉头，紧紧搂着怀里的女儿：“可是佳玲是真的，对吗？我们的幺幺，她是真的……”

佳玲把脸转向我，露出满足的笑容。

我叫着段琴的名字，却不知道该怎么说。

“你还是想走吗？因为对我做的一切不满意？”佳玲嘟着嘴。

“佳玲，我们的生活不是你搭出来的积木，可以任意把那些小木块拼成你想要的模样。我们不能活在虚假的幸福里。”

“那又有什么关系？”她反驳我，“虚假的幸福和真实的痛苦比起来，你愿意要哪个？”

我顿住了，不知道怎么回答她，但是我听出她话里的另外一层意思。

“你指的是什么？”我追问她，“真实是什么？我的朋友们死去，我的恶作剧害死人？”

佳玲紧闭着嘴，反而不开口了。

“说话，幺幺，”我催促道，“你到底是什么意思？”

她的神情变得有些阴沉，再一次看向我的时候，变得冷淡而疏离，仿佛瞬间长大了。

“你只能选择一次，爸爸，其实人这一辈子，机会并不多。”她低声说，“希望你不会后悔。”

她抬了抬手，我们的房子似乎在震动，墙壁和家具因为震动而变得模糊起来。与此同时，窗户的缝隙中透出一些微光，似乎外面的夜色正在褪去，金色的朝阳正在慢慢地显露出光芒。

最后一条小丑鱼被那条灰鱼吃掉，属于佳玲的时间也慢慢地消失了。

“段琴！”我向妻子伸出手，“你还愿意和我在一起，对吗？上次你说过无论怎样都愿意陪着我。”

段琴抬起头来，沉默地看着我，她的目光落在我的手上，那神情好像在沙漠中的人看到了水，但是她咽了一口唾沫，并没有回握住我。

“我愿意陪着你，大鱼。”她又低头看着怀里的孩子，“可是，我也爱佳玲……”

“妈妈，我最爱你了！”佳玲双手吊在她的脖子上，“你说过要当我一辈子的妈妈，永远陪着我的！”

当我看到段琴的眼神从我的手上转到佳玲的脸上时，我就知道了她的选择。她从来都可以在特别艰难的情况下做出决定，这决定未必是深思熟虑，但一定是她真心想要的，而且一旦她做了决定，就不会再更改。

在她对我承诺的同时，她对女儿也有承诺。

“好，幺幺。”她这样开口对佳玲说，“当妈妈确实是一辈子的事儿。”

我浑身冰冷，感觉到整个世界都在离我远去。佳玲却兴高采烈地抱着段琴，母女俩紧紧地拥抱着。段琴的眼睛望着我，充满了歉意和悲哀，但她没有放开佳玲。

房子的震动越来越剧烈，墙壁出现了裂痕，眼前的一切开始慢慢消失。

我看到太阳正在升起，天边的白光越来越亮，黎明就要到来。这明明是一个美丽的清晨，对于我来说却好像是黑夜来临。那耀眼的光线越过树梢，就像一弯雪亮的刀刃，把关于我和我最爱的两个女人的联系残忍地切断。

我的心头仿佛被刀尖挑着，说不出的难受。

我仿佛正在被什么力量抓起来抛向天际，段琴和佳玲的身影变得越来越小。就在这个时候，我看到我的幺幺转过脸来对我微笑，她的口型让我能辨认出她说的是：“你一定会后悔的，爸爸……”

尾声

不能回头

我迎着刺目的日光慢慢地飞行，渐渐地，我看到了很多模糊的影子——那是很多人。他们互相大喊大叫，忙忙碌碌。我努力想要把眼皮撑开，但还是只能看到模糊的影子。

“他醒了！”一个女人叫道，“快，把这东西拿开！”

然后她翻了翻我的眼皮，用手电筒照着我的瞳孔。

我感觉到全身疲惫，渐渐地又陷入了沉睡。我不知道睡了多久，只是在迷迷糊糊中感觉到有人在叫我的名字。

“孟先生？孟之渝先生……”

我终于恢复了神智，把视线固定在那个高高瘦瘦的女医生身上。

她连忙给我检查了一下，清瘦的脸上露出如释重负的表情：“太好了，看起来您比昨天清醒了一些。”

我看着她，又看着雪白的墙壁，刚一开口就发现喉咙很痛：“我在哪儿？”

“两江市第一人民医院。”她回答我，“你发生了交通事故，还记得吗？在驾车去绿湖游玩的途中从桥上冲到江里了。”

我盯着她，她放低声音，安慰我：“当时后面的司机迅速报警，因此你获救及时。你的脑部在车祸中受到了冲击，昏迷了一天一夜，现在脑部仍然有淤血。但只要醒过来，就不会有大碍了。”

我就着护士拿来的吸管喝了一点点水，终于让声音恢复了一些：“车上还有别人吗？我女儿，还有我妻子……”

她翻动着病例，露出略带悲伤的表情：“你的女儿孟佳玲窒息的时间太长，引起了脑部供氧不足，尽管我们尽力抢救，但仍然不得不在10小时前宣布她脑死亡。”

我的心抽痛了一下，深深地吸了口气，又问段琴……

那名医生的表情更加难过：“很抱歉，你的妻子是最后被救起来的，她的状况很不稳定，血压和血氧指数都不太好，又一直深度昏迷……就在你醒来前的半小时，她突然停止了呼吸……真的很抱歉，我们已经尽力了。”

我突然觉得胸口发闷，拼命地张着嘴想吸气，但是身体里仿佛裂开了一个大洞。

医生紧张地握住我的脉搏，叫护士过来，我像一具尸体一样任由他们摆弄着，最终我的心跳和血压恢复了正常的时候，那个医生终于说出了最后一件让我绝望的事。

“孟先生，需要跟你说一下，虽然你的伤势是三人之中最轻的，但因为车祸的冲击，你的双腿粉碎性骨折，腰椎也受了很严重的伤，很可能会影响你未来的行动能力。但只要积极配合复健的话，双腿还是有很大可能恢复的，当然那需要一个很长的时间——重要的是，你一定不能丧失信心……”

她后来说了什么我已经不记得了，什么时候离开的我也完全不清楚。渐渐地，整个病房从忙碌变为寂静。

我空洞地打量四周，这间病房是个四人间，但现在只有我，就躺在离窗户最近的一个床位上，周围是吊瓶和闪烁着的仪器。我的下半身没有半点知觉，我伸出手摸了一下，感觉到坚硬的厚厚的石膏。

我转过头，看见窗户玻璃上映出我的脸——

那是一个憔悴的中年男人，皮肤黝黑，脸部轮廓分明，下巴和嘴唇周围长了许多胡茬子，左脸眼下有一颗小小的黑痣。这是我见过的脸，曾经我以为是“洛华”，而实际上它属于孟之渝。

我伸手摸了摸这张脸，我应该感到亲切，但是当我看到它那双眼睛的时候，却又有一丝陌生。我拉起嘴角，让这张脸露出嘲弄的微笑。

“你一定会后悔的……”佳玲的确告诫过我。

治疗是一个漫长的过程，我躺在床上也不知道过了多久，看望我的人来来去去，我记不住有谁，以及他们说了什么。我好像一抹被套进了人形外壳的游魂，外面的时间流逝与我无关，我被锁定在睁开双眼的那一瞬间。

当我终于可以坐在轮椅上的时候，我让护工联系了医院的工作人员，表示要去看看我的妻子和女儿。

因为我作为唯一的直系亲属没有联系殡仪馆，所以医院方面暂时将她们的遗体停放在医院的太平间。从病房过去，生与死的距离并不太远。

段琴躺在那个不锈钢的盒子里，脸上、脖子上和手上都有不少的伤口，下颌的一块淤青已经变成了紫黑色。她的神情并不痛苦，我甚至觉得她有些安详，仿佛经历了残酷的车祸，内脏和骨头碎裂的人并不是她，又好像是她摆脱了痛苦，所以留下了最后的平和。

那股淡淡的蜡梅香已经消失殆尽，取而代之的是刺鼻的药水味。

我握住她冰冷的手，滚烫的眼泪落在她结霜的皮肤上。

折磨并没有结束……

佳玲躺在段琴的旁边，在拉开尸袋前，我的脑子里还想着那张稚嫩的脸，但实际上我看到的是一个十六岁左右的少女，留着短短的头发，左耳上打了三个洞，但没有戴耳环。她长得很漂亮，我从她的脸上发现了我和段琴的影子，她的额头、鼻子和下巴，都那么像段琴，唯独脸型像我。

我来到她身边，端详着她的脸。

这是一张平静的脸，没有表情，但眼睛下有淡淡的青色，显得略有些憔悴，仿佛是累极了在沉睡。

“要是没长大就好了。”她这么跟我抱怨过，“不长大就没有那么多烦恼，学习没那么累，学校也没那么烦人，我也不用去讨好谁。你们也不会这样对我，不会什么事都管着我。”

我在跟她沟通之后也曾疲惫地想过：“她要是永远只有七八岁就好了，没有叛逆期的孩子永远那么可爱。”但那只是一闪而过的念头，我仍然希望看到她长大的，我忘记有没有这么明确地告诉过她。

我伸手摸摸她如石头一样冰凉的额头，突然间明白了我过去十天所生活的世界究竟是哪里——

其实在我身边的那些人，组成那个绿湖镇的人，都是死去的人，范老师、乔勇、段琴、罗超杰、胡倩……甚至路大夫，他们都已经在现实中死去了……而佳玲，她苦苦地从她的记忆里把关于我的片段统统组合起来，构建出一个她觉得的“完美的生活”。

她已经很努力了。

我在她们的遗体旁边号啕大哭，没有人来抱紧我。

远房亲戚们过来帮我处理了很多事情，包括段琴和佳玲的后事，以及保险的处理，等等。我在医院躺了很久，终于被允许出院，回到家的时候才发现原来我依然住在主城区的三室一厅里，并没有在绿湖买房子。

实际上是我们正要去买，因为房地产市场低迷，公司开发的项目不太顺利，所以才会给员工一些更加优惠的购房政策，而我正打算辞职，从现在不断降薪的公司离开，去生活成本更低的老家找一份新工作。

这样刚好初中毕业的佳玲就可以转入镇上的高中。

她的成绩不太好，我们并不指望她能读重点高中，再考上大学。我和段琴觉得，让她跟着段琴再多学一些美术技能，走艺术考生路线可能更好，将来能在工艺美术方向发展。可佳玲并不愿意，她不是抗拒学美术，而是对于无休止地应付校园人际关系感到疲惫。加上学习的压力，她更讨厌又要去适应一个新的环境。

孩子的成长就是一个跟父母逐渐疏远的过程，哪怕她知道我们依然爱她，她也在心底爱着我们，可不同的人生终究是要让我们成为两条平行线。而分离的过程是那么痛苦，她会从简单变得复杂，会去思考，会体会到除了快乐之外更多的负面情绪。成长就意味着不单单只有可爱，痛苦其实也是成长的一部分，不单孩子要承受，父母同样，只是可能轻重不同。

在去绿湖看房的路上，那场车祸让我们的分离停在一个痛苦的点上，从此一条线走到了末端。

佳玲并不甘心，我也一样。

我想起了她曾经对我说过的话："因为你是这一切的中心，真正的你没法改变，否则就动摇了这个世界的根基。"

其实那个世界的主导除了她之外，还有我。她在弥留之际的憧憬和我的遗憾一起，交织成了那个"完美的生活"。

我们两个都忘记了，这世界上从来没有什么完美的生活，我们把"家"修在一片满是孔洞的沙地之上，想要补好每一个洞，只会让它提前崩塌。是我的错，我承受不了，想要抽身离开，佳玲知道我没有退路的，她想要阻止，她最担心的是我后悔。

"虚假的幸福和真实的痛苦比起来，你宁愿要哪个？"

佳玲说得对，我只能有一个选择，只能选择一次。但是她不曾想到的是，我其实最后并没有选择，帮我做出选择的是段琴。

我在深夜的时候，会闻到蜡梅的香味，很淡，淡得如同幻觉。我想，她其实是最坚强和明智的，因为她知道万事难两全，她守住了更重要的那个承诺。

黑灯

沈越是在电话中得知庄菱死讯的。

彭海打来电话本来是问沈越春节要不要回重庆过年，因为要搞一次初中同学聚会。快挂电话时，彭海突然说了一句：“你知道吗？庄菱死了。”

沈越一时间有些发蒙，不知道怎么对答了几句，便挂了电话。那之后他拿着手机，莫名其妙地在沙发上坐了很久。

沈越和庄菱是初中同学，1993 年进入明理中学后，他们成了同桌。沈越不知道庄菱在 1996 年以后长什么模样，却永远记得她在自己身边那三年的样子——

她的个子不算高，皮肤稍微有些黑，但是眼睛又大又圆，睫毛浓密得跟刷子似的；她的嘴角总是往上翘，露出两边深深的酒窝；她爱把头发扎成一个马尾，然后用五颜六色的发卡将刘海别起来，于是整张脸都明媚地亮了，仿佛每天早上从教室的窗户外照射进来的一缕阳光。

沈越在初中毕业以后就再没有见过庄菱，这些年陆续办了三次同学聚会，她都没有出现过。她每次都说会来，而他每次都会充满期待地等在聚会的酒桌上，期待那一束阳光推开包房的门，重新照射进来。可惜每一次，她都以各种理由失约。

今年的同学聚会地点定在彭海的饭店里，沈越原本还在期待这一次庄菱能够出现，然而她却提前宣告将永远失约了。

沈越的心很沉，沉到了他记忆中夜晚的嘉陵江江底，无法打捞上来。

第二天，他就定了火车票，赶在春运开始前回到了重庆。

有人说地球正在重新进入冰河时期。沈越以前认为这是在胡扯，不过在他回到重庆的那一刻，他有些相信了。

重庆的冬天从来没有这么冷过，空气似乎也要被冻得凝固了。虽然耳边充满了嘈杂而熟悉的方言，以及人们聚集起来时散发出的热气，可沈越仍然觉得寒气像头顶上昏黄的灯光一样，把他整个人都罩住了。即使他穿了件长款的羽绒服，仍旧在下车以后打了个冷战。

他的脸也被冻住了，没有别人结束长途旅行后的轻松，也没有归乡人常有的激动和兴奋，他沉默地提着一个简单的旅行箱，任由回家的打工者们如滚滚洪流般挟着自己朝出口涌去。

人们的热情像巨浪一样撞击着这座城市，而他仿佛是包裹在巨浪中的一粒小石子。

沈越一眼就在出站口看到了又高又胖的彭海，那家伙正挤在围栏的最前面，一见他走出来，就使劲地挥手，大吼道："轮胎，这边儿！这边儿！"

"轮胎"是沈越初中时的绰号，让彭海的大嗓门叫出来，就好像一把锤子，狠狠地砸破了沈越被冰冻起来的脸。他笑起来，快步走了出去。

一出站，两人就抱在了一起，彭海使劲在沈越背上拍了几下，那莽劲儿让沈越禁不住咳嗽了起来。但是彭海丝毫没有愧疚，一把揽住他的肩膀，顺手接过行李："走吧，我都等了一个小时了。怎么不是到重庆北站的车呢？"

"不好意思，没买到票，就绕了个弯。"沈越说，"我又不敢坐飞机，你知道的，我恐高。"

"没事，吃饭了没有？今天晚上住我家吧！"彭海领着沈越一边朝地下通道走，一边道歉，"对不起啊，今天本来要开车来的，我老婆偏要用车，和几个闺密跑去泡温泉了。"

"没事，"沈越笑笑，"我不饿，而且已经订好酒店了。"

彭海有些不满意："干吗呀，见外啊！回老家还住酒店，你成心让我难堪是吧？"

沈越笑了笑——他初中毕业就全家搬到了广州，后来又在南宁工作，原本有一个舅爷在这里，五年前也病故了，现在沈越在重庆彻底没有了落脚的地方。

彭海是沈越从小学到初中的死党，也是唯一一个如今还经常联络的老同学，这死胖子性子直，跟他客气他就黑脸。

见沈越笑着不说话，彭海也没有办法。沈越的脾气他也清楚，已经决定的事情是十头牛都拉不回来的。于是彭海斜眼瞅了瞅沈越，不痛快地问："订了哪家酒店啊？"

"金源大饭店，说是观音桥那里。"

"哦……"彭海摸摸头："也成，过去方便。还是先吃饭吧。"

沈越见彭海高大的身子提着自己的行李往前冲，很快就从地下通道穿到了马路对面，接着又进了一个通道，还在电动扶梯前买了票。

"坐皇冠大扶梯上去，先吃饭！"彭海冲沈越笑笑，"我在店里留了包厢，好多年没有吃正宗的重庆火锅了吧？我这店里的招牌火锅，保管你吃爽！"

沈越笑起来："哟，生活委员，从前你就管东管西，管开门关门倒垃圾，现在还管饭了啊！"

沈越在广州读了三年高中，在上海读了四年大学，七年的时间，味蕾仿佛重置，即使现在在南宁工作也很少再吃重辣的东西。这么多年下来，仅有的几次麻辣火锅也是回来参加同学会时吃的，然后就狂喝冰的“老山城”。

他有时候猜想，也许自己的舌头已经不能适应麻辣火锅，但是彭海的安排仍然让他激动，似乎嘴里立刻就分泌出了很多的唾液。

他们踏上了大扶梯，比沈越以往乘的电动扶梯运行快得多，又陡，沈越回头往下望，有一种眩晕的感觉。原本熟悉的、山城特有的地势竟让沈越感觉到一丝紧张，他连忙转过头，不敢再看了。

“我记得以前坐缆车的时候可没有这么陡啊！”沈越对彭海说。

“哈哈，怕了吧？”彭海得意扬扬，“那时候人都一车厢一车厢地运嘛，再说你坐的时候才几岁啊，夹在人堆儿里就啥也看不见了。”

“这东西是什么时候建好的？”

“1996年吧，那年你不是就去广州了，之后回来几次都没有坐过吧。”

“我还挺喜欢缆车的，为什么要拆呢？”

“哪儿有什么东西永远都在的？用旧了，落伍了，自然就拆掉了，重庆老城区可没剩下多少古董了。”

沈越默默地低下头，看着不断前进的电梯——是啊，哪有永恒的东西呢？庄菱也死了……

彭海开的火锅店就在南滨路，规模还不小，临街旺铺足有三层。整体装修还特地比照了老重庆的市井风格，墙上画着层层叠叠的吊脚楼。推开包厢，里面已经坐了七八个人，男男女女、高矮胖瘦地聚在一起。大家正聊得高兴，见他们俩进来，一下子都愣住了。

彭海笑着说：“怎么都傻了？轮胎都不认识了？”

桌子边上的人都恍然大悟，接着便一阵七嘴八舌：

“我说呢，越长越帅了啊！轮胎，咱们班上的班草就你了！”

“从前怎么就没有发现你有点儿忧郁小生的气质呢！”

“馋了吧？赶紧坐下来，瞧，‘老山城’，先来干一瓶儿。”

…………

彭海把行李放在角落里，招呼沈越坐下，挨个儿介绍这些老同学——留了络腮胡子的，是乔长江，现在在电视台当编导；染着棕色头发的高个子女人是唐娜，以前数学很差，现在则是个会计；有些消瘦的长脸男人是陈一凡，在当律师；还有一个脸熟的女人叫郭晨晨，好像从前还是彭海的同桌。

剩下的三四个人沈越已经完全没有印象了，只好在彭海的介绍下勉强装出很熟悉的样子。

好在老同学见面，再怎么样也不会冷场，况且有彭海这么个大号儿的开心果在，于是一桌子人你来我往，吃得热火朝天，喝得畅快淋漓。

酒足饭饱难免要回忆往昔，各种糗事被翻出来当饭后的甜点。同学聚会就是这样，只有过去，没有未来。

沈越笑眯眯地坐在一旁，火锅浓郁的牛油香味和熟悉的啤酒味道，填满了整个包间。他想起以前在校门外和同学买零食的样子。

“这事儿轮胎能作证！”猛然有一个女声拔高了几度叫道，“他那时候跟庄菱是同桌呢！”

沈越抬起头，看到郭晨晨正指着自己，不知道再聊什么话题，但是庄菱这个名字足以让整个包厢里瞬间安静下来。

就好像听到了口令一般，刚才酒酣耳热的人都清醒了过来，不约而同地望着沈越。

沈越笑了笑：“需要我证明什么？我可难得回来，要澄清还是要人证的可抓紧了。”

郭晨晨和其他人连忙借着他的玩笑下了台阶。

“也没什么，”她不好意思地说，“就是有次上生物课的时候，对面小树林有对情侣接吻，庄菱先看见的，偷偷告诉了你，结果你又告诉了前排的同学，最后弄得全班都往窗外看，生物老师气得都没法上课了。”

“哦……”沈越做了副恍然大悟的样子，“是啊，是庄菱先看见的，她当时可是1.0的视力，看得可清楚了。我记得后来老师为此把好几个人叫起来罚站，面朝窗户，说是要看就看个够。”

“庄菱这个头一个看到的，看够了就转过头好好听课，完全是一副好学生的样子，真够贼的！”

大家又一次笑起来，沈越笑得眼睛都酸了，他从口袋里掏出一包“龙凤”晃了晃：“瘾犯了，得先去燃一根儿。”

沈越出了门，绕着弯弯曲曲的走道去了火锅店临街的背面，正好可以看到长江对岸。那里是渝中区，是重庆最繁华的地方——解放碑商业步行街。

无数的高楼在狭窄而高低起伏的半岛上直愣愣拥挤着，好像彼此靠得太近而遮蔽了天光的树木。最后探入两江交汇处的朝天门广场变成了唯一能让人喘口气的平坦之地。但是那里也被另外一些东西给占满了——络绎不绝的游客、在风中飘荡的风筝和荧光玩具、摇头晃脑的探照灯、已经热闹地停泊在港口的观光船。

各种颜色的灯光被披挂到了这些林立的高楼和雕饰过的广场上，描绘出它们的轮廓，显得光鲜而又得意扬扬。有什么比金色、红色、紫色、蓝色、黄色等等光的线条画出的图案更加华丽呢？有什么比色彩更能让眼睛沉迷呢？这是过去的重庆不曾有过的夜景，从未有过的明亮。沈越曾经去过香港，也去过上海，他听到重庆的旅游广告中说重庆的夜景并不输这两个地方，如今看来，倒也不算言过其实。

身后传来脚步声，有人走到沈越身边，把手肘撑在栏杆上，跟他一起望着对岸。

“怎么样，漂亮吧？”脸颊消瘦的男人说，“灯光工程搞了好多年，这也算特色旅游项目了。”

沈越认出这人是陈一凡，当年在班上是个不怎么出众的男生，平常也没和他玩在一起，生疏得很。

沈越笑了笑：“漂亮是挺漂亮的，就是看不清了。”

陈一凡看着他：“这么亮还看不清？你是近视眼吧？”

沈越递了支烟给他，两个人吞云吐雾地并排站着。沈越凝视对面的流光溢彩，笑道：“我眼睛倒好，可重庆没有雾，点了灯，反而更看不清了。光的背后就是最黑暗的地方，我只看到光，看不到影子里的房子了。”

陈一凡也笑了：“看不出啊，你这么多愁善感。以前怎么没发现你还是个文学才子呢？”

沈越眯着眼没说话。

陈一凡又说道：“我记得当年毕业的时候，你成绩可好了，大家都以为你一定保送81中的。谁知道后来会那么多波折……”

沈越淡淡地一笑，他知道陈一凡的意思。当年他的确是保送了81中，但是保送考试他没通过，被刷下来了。戏剧性的是，81中后来增补了两个名额，可他没能赶上补考。但是至今他也没有觉得遗憾，因为代替他参加考试的是庄菱，这让他感觉很安慰。他甚至在那个时候有种“情圣”一般的自豪感……

现在想起来，只有十五岁时的自己才会产生这样的想法。

陈一凡叹了一口气：“我知道，其实坐在包间里的人，真熟的没几个。同学会每次都来不了几个人，出了校门各奔东西，谁会关心谁呢？所谓怀旧，怀念的不就是自己那些小屁孩的日子吗？实话说，轮胎，要不是你，我也不准备过来的。”

沈越诧异地转过头。

“庄菱的事你一定知道了吧？”

沈越夹着烟的手指抖了一下：“嗯，彭海告诉我了……”

“是自杀，和着酒吞了一大瓶安眠药。”陈一凡语气低沉，“谁想得到呢？她从前在班上，那可是最疯最好玩的女生。”

沈越的喉咙有些疼：“她过得不好吗？”

“前几年挺不好的。工作一直不顺利，又离了婚，今年才差不多稳定下来，在一家不错的企业干，升职空间也挺大的。”陈一凡又顿了一会儿，“我就是在她离婚的时候偶然碰见她的，当了她的代理律师，知道了一些情况。”

“你说她的生活在好转？”

陈一凡点头：“就我所知一切都走上了正轨，所以当时听到她自杀的消息时，我根本不信。不过警方的调查结果的确是这样，没有任何能指向谋杀的证据。”

“连遗书也没有吗？”

“没有啊，自杀的前一段时间也没发生过什么事。据说唯一比较特别的就是他们领导特地找她谈话，准备给她升职呢。”

沈越心中又压上了一块沉甸甸的石头，他皱着眉头，问道：“为什么突然跟我谈这些？”

陈一凡苦笑道：“抱歉，我知道以前你和庄菱……嗯，很要好，你们是同桌。”

沈越干脆不再回答他，沉默地吸着烟，看着夜景。

“其实我是有东西转交给你。”陈一凡没有顾忌沈越的态度，自顾自地说，“如果你方便的话，请明天来我的办公室一趟，行吗？”

沈越愣了一下：“东西？什么东西？”

“庄菱留给你的东西。”

沈越手上的烟落下来，吃惊地瞪着陈一凡："她留给我？"

陈一凡点点头："实际上庄菱有遗嘱，在她自杀前两年就写了，一直由我保管。财产之类的都留给了父母家人，不过有些东西比较特殊，是指名留给你的。她说如果你不再回重庆，那就不用给你，如果你回来了，我得亲手交给你。怎么，她一点也没跟你说？"

"我们从毕业后就没再联系过。"

陈一凡尴尬地应了两声："这样啊……嗯，其实大家都差不多。"

这时，彭海走了过来，一看他们俩，立刻不爽地说道："躲在这里干什么？乔长江又叫了一打'老山城'，我今天豁出去了，你们俩得跟我一起血战到底！"

沈越骂道："人来疯啊你！"

彭海嘻嘻一笑："老婆不在，能疯就疯！"

三个人勾肩搭背地走回包房，彭海趁陈一凡没注意，用手肘捅了沈越一下："喂，你俩刚才说什么呢？神神秘秘的。"

沈越不好瞒他："说是庄菱有东西留给我，在他那里，让我去一趟。"

彭海诧异地瞪大了眼睛："庄菱？"

沈越不自在地点了点头："要不明天你陪我去吧，现在重庆我可真不熟了。"

彭海连连点头："那是肯定的！正好结束了我再顺道带你在城里转转，看看夜景什么的。"

他俩的交头接耳让桌子那边的几个人不满起来，面红耳赤的乔长江"啵儿"一声用牙开了瓶啤酒："当着大家的面说小话的，先'吹'一瓶！"

彭海立马站起来："'吹'就'吹'，你当我怕你这老小子？"

说罢一仰头就灌了起来，周围的人拍桌子大声叫好，气氛又给加热了。沈越跟着笑，看着他们胡闹，在火锅蒸腾的热气中，看到窗户外模糊的五彩灯光，而灯光的缝隙里，能看到惨白的月亮。

沈越好多年没喝得这样烂醉了。

他其实很讨厌借酒浇愁的感觉，那让他觉得自己就是阴沟里的一滩泥。但是他又多多少少留恋醉酒后那短暂的时间，他可以放任自己做很多疯狂的梦——尽管醒来以后因为头疼，很多他都不记得。

这次他知道自己梦见庄菱了——

她依旧活泼、漂亮，用手撑着头坐在他旁边，另一只手写写画画。偶尔转过头来，黑亮的大眼睛闪闪发光，接着便是最常见的微笑，露出两个对称的酒窝。

在梦中沈越遗忘了她已经死去的事实，也忘记了自己交过的几个女友，似乎他只记得和庄菱做同桌的那段岁月。

因此，当他醒来以后，突然产生了从来没有过的乏力感。

床头的手机在响，那是孟庭苇的老歌《冬季到台北来看雨》。沈越懒洋洋地拿过来看了看，屏幕上是一个陌生的号码。他皱着眉头按下接听键。

“沈越……是沈越吗？”对面是一个陌生的女人。

沈越觉得有点熟悉，但是又不大记得起来。“是我。”他回答道，“你是——”

“我是郭晨晨，昨晚咱们才见过面呢。”

沈越想起来，昨天聚餐的确有她，不过以前就没啥交情，昨晚她坐在旁边又很安静，所以自己对她的印象不是很深。沈越客套地问候了几句，郭晨晨的口气就变得奇怪起来。

“昨天人多，看你们几个男生喝得高兴，我就没怎么跟你说话，不知道你今天有没有空？”

沈越迟疑了一下，摸了摸丢在一旁的外套，那兜里有张名片，上面写着“明远律师事务所，陈一凡律师”的字样。

“下午我有些私事，可能到沙坪坝去。”沈越问道，“有什么要紧事吗？”

“嗯，只是想跟你聊聊。”郭晨晨说，“能吃个午饭吗？就在你住的酒店楼下，两岸咖啡。”昨天聊天的时候沈越告诉了大家自己住的酒店，郭晨晨记住了并不奇怪。

沈越有点摸不准郭晨晨打这通电话的用意，同时也不认为十来年没联系的普通同学会突然有很多话要对自己说，不过他还是爽快答应了。

沈越冲了个澡，洗掉一身的酒味儿和疲倦，温热的水流顺着他的脸流下来。他又想到了庄菱——

他决定回来是因为她，却被告知永远也见不到她了。但是他们都知道她，那些老同学，他们口里的庄菱还是活生生的。

大约十一点半的时候，郭晨晨的电话又打来了。沈越赶紧下楼，不大费力就找到了“两岸咖啡”，郭晨晨在靠窗的位置坐着，挥手招呼他过去。

“我已经点了，你要吃什么，看看吧？”她把菜单递过来。

沈越昨晚吃得有点过了，现在什么胃口也没有，就随便点了杯红茶。郭晨晨也不劝他，只是笑了笑，双手交握地放在桌上。

“你结婚了？”沈越看到她习惯性转动着右手无名指上的戒指。

郭晨晨顿了一下，点点头：“去年结的，他是我同事，不怎么能干，但是挺老实的。”

“那真是该恭喜你了，这年头找个老实人可真不容易。”

郭晨晨说了声谢谢，又看看沈越的手：“昨天晚上彭海说你还是单身。怎么，还没看上眼的？”

沈越搔搔头：“高不成低不就呗。”

郭晨晨的表情变得有些古怪：“对不起，我知道这么说可能有点奇怪，但是……你这次回来是因为庄菱吗？”

沈越直愣愣地望着她。

郭晨晨变得不自在起来，她尴尬地搓着手心：“其实这次同学会组织得挺突然的，毕业以后大家都没怎么联络，偶尔聚会也就是几个关系比较好的老同学吃个饭。这一次要不是听说了庄菱的事，还有你会回来，我大约是不会去的。”

“为什么这么想呢？”

郭晨晨笑了笑：“我也说不清。以前班里同学都觉得你和庄菱是天生一对，那时候谈恋爱这种事又隐秘又刺激，好多女生都觉得你们会一直在一起。谁想得到后来中考的时候有那些变故，庄菱上了81中，你离开重庆。那时候班上很多女生觉得庄菱特假，抢了你的保送名额……”

“这不关她的事！”沈越反驳，“都是我运气不好，再说都多久的事儿了，也不值得提了。”

郭晨晨有些着急地接了话茬：“对对，我没有那个意思，这事情的确不能怪庄菱，真不是她的错！”

沈越为自己心头突然冒出的那股火苗懊恼，正好这个时候服务员送上了他们的餐点，缓和了气氛。

沈越勉强一笑："怎么，找我来就是说这个。"

郭晨晨看出他不再想继续原先的话题，于是就势转了弯，说起了别的。郭晨晨问起他这几天的打算，沈越不想把庄菱留给自己遗物的事告诉太多人，只说彭海要带着他好好逛逛新重庆，三天后再回南宁。

郭晨晨笑着说："想不到彭海安排还挺周到的，跟从前一样。"

"那是，还多亏了他。跟他当了三年同学，也算铁哥们，他除了热心就是耿直，有时候简直过头了。"

郭晨晨又笑起来："可别忘了我当了他一年半的同桌，我还不了解他吗？"

沈越连连点头："那是那是。这同学会他也操了不少心吧？"

郭晨晨摇摇头："我不知道，在网上建了班级QQ群的人是陈一凡，也是他打电话通知我的。"

"原来是这样。"沈越在心底猜测，不知道陈一凡的真正用意是什么。

郭晨晨吃过午饭就跟沈越告辞了，他们没有再谈关于庄菱的事儿，但是沈越觉得她始终有些话没说出来。但有时人和人之间就是这样，并不是时时刻刻都想着刨根问底。

沈越又在咖啡厅里坐了一会儿，大概一点半左右，彭海开着车来了。他那车是一辆马自达，颜色挺漂亮。彭海老脸挂不住，一个劲解释是媳妇喜欢，没法子。

沈越把陈一凡的名片儿递给彭海，上面写着地址，在沙坪坝附近的一幢写字楼里。明远律师事务所租了整整一层楼，气派得很。两个人到了以后才发现陈一凡在里头混得不错，有一间宽大敞亮的办公室，外头还坐了两个助理。

陈一凡热情地把两人请到办公室里，给他们泡上好茶。彭海忍不住就开始嘴贱："我说大律师，咱们可快点啊，在你这里说话可都是要按照分钟算钱的。"

陈一凡骂了他一句，转身从隔壁一间小房间里取出一个文件袋，从中拿出几份文件读给了两个人听。那是庄菱遗嘱中关于赠予沈越的部分。

室内很安静，陈一凡干巴巴的声音令沈越坐立难安，而更加干巴巴的是庄菱遗嘱中那些简洁的文字。她只是把东西留给他，不到一百个字就在生死之间完成了传递。

陈一凡拿出一个密封着的文件袋，让沈越确认了一下封口处完好，然后交给他："就在这里了。除了她、我和你，没有别的人看过。"

沈越的手心有点发热，他暗暗地吸了口气，撕开封条，把里面的东西倒了出来。那是一个信封，上面写着"重庆市明理中学初三年级张德明老师转沈越同学收"，寄信人是"81 中教务处”，信封里是两张皱巴巴的纸，一张上面密密麻麻地写满了字，还有一张却洁白干净，上面只写了一句话——

沈越：

我这辈子最快乐的日子，是和你听着孟庭苇的歌，在座位上玩东南西北。

庄菱

沈越突然感到一股酸涩冲上鼻端，刺激得眼睛都涌出了泪水。他站起来走向窗户，把脸朝向外边。

彭海小心翼翼地探过身子，看了看桌上的东西，奇怪地看着陈一凡：“就这个？”

陈一凡点点头：“就这个。她亲手封好的。”

彭海又仔细地看了看，拿起那个信封：“为什么留这个东西给轮胎？”

陈一凡苦笑着摇摇头。

他们俩都不再说话，静静地待在座位上。沈越并没有让他们等太久，不一会儿他回到了桌前，仔细地把那张纸和信封都装回了文件袋里，又装进了外套的口袋里。

陈一凡带着沈越完成了交接的手续，送他们出门。

“这些是你的了。”陈一凡在道别时对沈越说，“这是庄菱在我这里仅剩的东西，现在我可真不欠她了。”

沈越挤出一丝苦笑：“是吗？现在变成了我和她之间的债务了。”

在回酒店的路上，沈越一直没有说话。

彭海拘谨地开着车，有些不安地瞅着沈越，等行到了目的地，才问道：“怎么了？庄菱那些东西看上去好像没什么特殊的意义，你咋跟见了炸弹一样。”

沈越转头看着他，苦笑道：“那信封上写的什么你没看见？”

彭海没吱声。

沈越将信封取出来，把收寄地址都读了一遍，又扬起那封信：“看见邮戳没有？ 1995 年 4 月 14 日。”

彭海鼓着两只眼睛，还是一副懵懂的样子。

沈越闭上眼睛：“这个信封里原本装着的应该就是 81 中寄给我的补考通知。”

彭海差点没从座位上跳起来。

“什么什么？”他扯着沈越追问，“那东西不是丢了吗？”

“如今信封都在这里了，你还想不透吗？”

彭海盯着沈越手上的东西：“你的意思是，当年那封信不是丢了，而是被庄菱拿走了？”

沈越抿着嘴，不再说话，彭海愣了一会儿，突然一个劲儿地摇头："不会不会，庄菱干不出这样的事，她……她当年喜欢你的，你莫非不知道？"

沈越沉默着——他当然知道，而且知道自己也喜欢她，因此才觉得心底一阵阵地发凉。

彭海看他的样子，更不知说什么好了。两个人在黑暗的车库里静静地坐了一会儿，一阵阵车灯的光扫过，照得他们的脸雪白雪白的。

过了好一阵，沈越终于像活过来一样，抹了把脸。他对彭海说道："我有点累，今天晚上就别去看什么夜景了，改天吧。"

彭海神情还有些呆滞，似乎找不到什么话好说，只能点点头。

在沈越下车之前，彭海几度欲言又止，但是沈越心烦意乱，已经顾不上他了。

沈越回到房间里，拉开窗帘，外头是重庆最繁华的商圈之一，林立的高楼环绕在四周，花园绿地和广场上的人在这些庞然大物的脚下就像蝼蚁一般。他们密密麻麻地在地面上穿行着，每个人都面目模糊。沈越想，尽管他没有近视，也尽了全力，但是仍然无法分辨出不同的人，更不要说看清他们脸了。

沈越抬起头来，高楼远处是灰蓝色的天空。暮色正慢慢侵袭过来，白色的云朵转头变成了深蓝色，渐渐地便接近墨色了。原本就苍白的太阳正在努力留下最后一道光，但是夜色来得迅猛，很快就将它彻底赶走了。

于是，山城又迎来了一个夜晚。

高楼上的灯一盏接一盏地亮起来，沈越的眼睛被刺目的红红绿绿占满，那些高楼的轮廓渐渐地化在了墨蓝色之中。LED屏和各种发光管飘浮在半空，而埋在花坛下的地灯发出幽幽的绿光，将树的阴影拖离了地面，显得缥缈恍惚。

这是一个不真切的世界。

沈越闭上眼睛，脑子里想起了十几年前同样的夜晚——

那正是1995年的4月14日，一个周五。他前一天得知自己在81中的保送生考试中被刷下来。为了安抚他，父母特地带着他去大足玩，为此请了周一和周二两天的假。谁也没有想到81中的保送生没有录够，补录的通知刚好在周五送到了学校。

作为班主任的张老师没有收到那封信，而看门的王老爷子一口咬定已经把信送到了老师办公室——他一贯将信和报纸从门缝下面塞进去。周二是补录的最后时间，81中给了学校两个名额，参加补录必须到场面试。

沈越他们就读的明理中学只有初中部，所以高中必须到别的学校去读。81中是很多学生梦寐以求的好学校，而保送免除了中考的搏杀，自然是求之不得的好事。等到周二的上午，张老师才接到了81中招生老师的电话，责问他为什么还没有带着补录的学生过来。

张老师自然是惊诧万分，于是在找不到沈越的情况下，便将名次稍逊于他的庄菱和隔壁班的另外一个女生匆匆带了过去。两人的面试和笔试都很顺利，没有浪费那两个补录名额。

而在手机还是稀罕货的时候，沈越错过了原本属于他的机会。

在那之后的很多年，沈越从重庆到了广州读高中，又去了上海念大学，最后落脚于南宁。他偶尔也会想，如果当年那封补录通知在周五被张老师看到，他就不会去大足玩，也不会错过那次机会。如果他考上了81中，也许父母就不会选择搬去广州，他不会离开重庆，也不会离开庄菱……他的人生会完全不同。

如果庄菱和自己在一起，是不是就不会经历那些不幸？是不是现在还活着？

沈越又拿出了那个信封，取出里面的纸，坐到台灯下仔细地看。

信封虽有些岁月的痕迹，但看上去保存得很好，除了自己放在口袋里弄出的一道折痕以外，几乎是平整的。老旧的牛皮纸信封上印刷着81中的地址和邮编，邮票是那个年代流行的中国民居系列。信的封口是被撕开的，歪歪斜斜的，很粗鲁的样子。

这封信的去向当年就是一个谜：坚决认定自己没有失职的王老爷子说，那信是和当天的报纸一起塞到办公室里的，肯定是第一个进门的老师给弄丢了；而早上第一个去初三年级办公室的一直都是初三（2）班的语文老师兼班主任李老师，她说的是报纸裹着信放在地上，她照例把各位老师的信都放在他们的办公桌上，但的确没有看到这封补录通知。

现在消失的信在十多年以后如同幽灵般地重新出现在沈越的眼前，虽然只有一个躯壳，但是却仍然让沈越心底的疑问活了过来——

难道当年偷走信的人，其实是庄菱吗？她为什么要那么做？难道真是因为补录的名额？

她的成绩排名仅次于他，如果他真的没去，自然而然她就有机会补上。

沈越放下信封，对于自己阴暗的猜想充满了厌恶。但是面前的信封又像是在嘲弄他，甚至那破碎的封口也像怪物的利齿，狠狠地咬上他的眼睛。

沈越又拿起那两张皱巴巴的纸——

一张看起来是从笔记本上撕下的，裁的方方正正，纸质很像以前上学时最普通的“红梅”牌笔记本内页。这张纸的双面都写满了字，凌乱而又无序，看得出都是庄菱的手迹。这不是诗也不是句子，只是一个个词语甚至一个个字的堆砌，颠来倒去的，比如“奔跑”“牡丹”“南方”“红酒杯”“是”“可怜”“美丽”“历史”“11 路车站”“悲”。

这些完全没有联系的散乱词语铺满了整张纸，甚至有些是重重叠叠的，就好像有人背着一口袋芝麻，猛地倾倒在地上，很难被分清楚、捡起来。

这张纸伤痕累累，似乎被揉成过一团，又展开；或者是横横竖竖地折叠，又重新压平。看得出庄菱写下那些词语用了很久，绝对不是一次完成的——有的笔画重得划破了纸面，有的则轻得好像是拖着笔尖扫过；有的写得郑重，有点写得潦草；有的是蓝黑色的墨水，有的是碳素墨水，还有圆珠笔和签字笔的痕迹，甚至是彩色笔……

沈越想象着，笔记本放在庄菱的写字台上，或者是某个她伸手就能触及的地方。当她的心中充满了无法排解的情绪时，就会随手抓起一支笔，翻开这一页写起来。

其实这就跟她初中时的习惯一样，当老师的课上得无聊或者她感到烦躁的时候，就会在笔记本或者教科书的边缘写起来。

沈越凝视着这张纸，想起庄菱那个时候的神情，她的眉头微微地皱起来，会不屑地撇嘴，或者狡黠地看着他，冲他微微一笑。那笑容里带着小狐狸一般的得意，俏皮而又可爱。

人的习惯真是可怕，竟然能持续一生。

沈越摆弄着这张纸，不明白为什么庄菱会把这样一张纸留给他。

他又拿起另外一张发皱的纸：那是一张A4打印纸，看上去年代比较近，看得出只是被折叠过几下，并没有受到太多摧残，除了边角上卷曲了点，连一丝脏污的印子都没有。

纸上的字仍然是庄菱亲笔写下的，但是从容多了，笔迹流畅而顺滑，几乎能够想象她写的时候是多么平静。

然而沈越却觉得胸口不可抑制地疼起来，能够安祥地回顾着过去，她写的时候，也许已经下定了自杀的决心。

沈越不知道这些年她到底经历了些什么？

自从自己错过81中的补录后，庄菱和他便没有再好好地谈一谈。其实沈越并不在乎这个，可他知道庄菱是介意的，她主动向张老师申请调换了座位，此后也很少找沈越说话。班上的确有些议论，毕竟大家那时都默认他们是一对，庄菱的举动变成了一种“背叛”。

沈越想起今天中午郭晨晨跟他提到过的事，发现自己当年的确非常的粗心。他在伤心庄菱和自己拉开距离的时候，并没有理解她为什么那样做。即便是青涩的年纪，班级也是一个小社会，而十五六岁的孩子，很少费心去掩饰自己的厌恶与嫉妒。

沈越一直坚信这件事庄菱并没有错，但是客观来说她的确得到了原本属于自己的补录名额，所以她躲开了。

但是现在沈越怀疑自己当初是不是也过于天真了，那个消失的信封从庄菱的遗物中出现，似乎证明当年众人的猜测不无道理。

一想到庄菱可能做了这样的事，沈越便有一种说不出来的寒心。

他以为他离开学校以后跌的跤，已经让自己长出了足够厚的茧，再感觉不到疼，可是冰冷的针逮着缝刺进肉里，仍然是一阵一阵地痛。

沈越把信封以及两张纸摆在面前，在灯下一遍又一遍地看，似乎想要弄明白为什么庄菱要留给自己这些。难道她终于决定在临死前将真相告诉他？

沈越忍不住苦笑：她还是一样的任性，只图自己舒坦，不管他怎么难受。她也不想想，万一他已经不在乎了呢？

沈越把这三样东西收好，忽然想到了什么，打开笔记本电脑，点进了初中同学 QQ 群。

其实当时拉他进去的人是彭海，但是因为他工作忙，空下来也懒得聊天，基本是潜水。所以有什么事，彭海干脆打电话或者发短信给他。

沈越点进了群里，因为是老同学，大家都用的真名，他看到群主果然是“陈一凡”，彭海是三个管理员中的一个。沈越翻到群共享里，下载了一份通讯录，在里面找到了唐娜的电话号码。

现在是晚上七点半，沈越觉得这个时候打过去有点失礼，但是他感觉到无比焦躁，他需要这个时候做点什么。

电话通了，唐娜的声音有些干巴巴的，当沈越自报家门以后，她顿了一下，很意外：“你怎么想到给我打电话？昨天吃饭的时候有事就该说了。”

沈越听得出她话中隐约带刺，但并没有介意。

“我想谈谈庄菱的事。”他说，“有时间吗？”

唐娜沉默了片刻：“我过去找你吧。”

唐娜是急匆匆地赶来的，沈越看得出来，她随便穿了件灰色外套，也没有化妆，头发有点乱。

沈越邀她吃饭，她也没推迟：“正好，我吃了一半就接到你的电话，饭都没吃完就出来了。”

沈越笑起来。唐娜是庄菱在班上最好的朋友，俗称闺密。她跟庄菱的性格很像，外向、干脆，两个女生经常泡在一起玩。现在看起来，唐娜还没怎么变。昨天吃火锅他只是客套地和唐娜聊了几句，喝了点酒，没想到自己一约，她这么爽快地就来了。

沈越挑了一间清静的饭馆，两人坐下来点餐。

唐娜注视着沈越，突然笑了笑：“轮胎，你真是越长越帅了，我就说当年咱们班的女生没眼力，放着个潜力股不要，都去追林亮亮那种小白脸。上次同学会你没来就没看见，那家伙都长成圆形的了。”

沈越也不客气：“那是，现在后悔了吧？错过了就没有了。”

唐娜脸色沉下来：“别人后悔不后悔我是不知道了。但我知道庄菱后悔过，你呢？你难道没有后悔错过她？”

沈越的舌头顿时短了一截。

唐娜拿起筷子就开始吃菜，一边夹，一边说：“其实昨天我有想过，要跟你谈谈庄菱的事，但你如果不找我，我是绝对不会主动说的。”

“为什么？”

唐娜奇怪地看了他一眼：“你不主动提，那就代表你已经不在意了，我还傻乎乎地凑什么热闹啊。”

沈越有点庆幸自己最后还是打了这个电话：“这些年……你跟庄菱联系得多吗？”

唐娜神色黯然地摇摇头：“跟别的同学比起来，我跟她联系当然算多的，可如果比照着当年我和她的关系，真算得上疏远了。高中她念的 81 中，我念的 17 中，见得自然少了。她也不爱给我打电话，只不过有时候我们会约出来吃个饭。后来我们俩都在重庆念大学，倒一直会问问彼此近况。”

沈越踌躇了一下：“听说她有段时间过得挺不好。”

“是彭海跟你说的？”

“不，是陈一凡。”

唐娜“哦”了一声：“他知道也不奇怪，他给庄菱打的离婚官司嘛。其实应该说自从初中保送那事之后，她过得就不开心。你是男生，自然没听过班上女生嚼舌根的话，说庄菱给你下绊子说得可难听了：什么跟你好不过是找机会踹你一脚，什么成绩不好就用美人计，什么她装纯洁装可爱，因为这些我跟她们吵过好几次。”

沈越有些愕然：“这么严重吗？我当时没觉得这么多事啊？”

唐娜讪讽地看着他：“你不混女生的圈子，之后又离开重庆了，你哪能知道这些。老实说，现在看起来，初中几个小心眼女生的嘴碎跟现在职场上的破事比起来算个屁呀，不过就是小孩家家的嫉妒、刻薄罢了。你看昨晚见面，谁还记得以前的过节？”

沈越深深地吸了口气：“大概不懂事的时候对待别人才是最狠的吧。”

唐娜原本夹起了一块肉片，听他的话突然“啪”的一声把筷子放下，厉声道："沈越，你是不是也觉得是她拿了那封信？"

沈越没说话，从衣兜里掏出庄菱的遗物递给她。

唐娜疑惑地接过来，拆开看了，满脸的不解。

"这是陈一凡给我的。"沈越告诉她，"是庄菱留给我的东西。"

唐娜瞪大了眼睛，脸色渐渐地有些发青："你想证明什么？证明她真干了这事？"

"你还记得那周到底发生了什么吗？庄菱究竟有没有机会拿到信？"

唐娜把东西还给沈越，把手撑在桌子上："我记得，而且很清楚。那周咱们班要出一个示范黑板报，一共有三个人参与，庄菱负责誊写内容，另外两个人画画。因为向数学老师借了直尺，还借了美术老师的颜料，所以他们有办公室的钥匙。庄菱家离学校最近，她就管着钥匙。要不是因为这样，她也不会被怀疑偷信。"

"看门的王大爷一直说信是周五早上送来的。"

"那就得找早上进办公室的人啊，班长、语文课代表、生活委员，他们都能进办公室。"唐娜提高了声音。

"但是信封在她手里。"

唐娜像被猫咬掉了舌头，脸上红一阵白一阵的。她慢慢地软下来，眼圈突然有点发红："说不清楚了，从前说不清，现在更说不清。我只知道她不是那种人，可她为什么就不堂堂正正地站出来说一句'我没偷'呢？沈越，你真的相信她吗？哪怕是这信封在她那里，你也相信她吗？"

沈越转头望着窗外的夜景，低声说："灯太亮，影子就黑了。"

唐娜没有听清楚他说的话，似乎也并不关心："她把那东西留给你总是有原因的，也许她觉得你能明白。"

沈越若有似无地提了提嘴角——他当然想弄明白，可怎么才能明白呢？

两个人草草吃了晚饭，心中都压上了一块石头，很不痛快。结账出来以后，沈越送唐娜上出租车。

她扶着车门，看着沈越的双眼，说："你下次回来不知道又要多少年后，也许这话将来再没机会告诉你，我想让你知道，当年庄菱是真心喜欢你的，你知道吗？"

沈越点了点头，他越是相信这一点，越是感觉悲伤。

唐娜又接着撇了撇嘴："还有，我知道当年喜欢庄菱的不只你一个。"

"还有谁？"

唐娜笑起来："那可就多了。她的确是个讨人喜欢的女生，对吧？她不该拥有这样的结局……”

趁着眼泪还没有流下来，唐娜匆匆收了尾，钻进出租车里，不一会儿就消失在滚滚的车流中。

沈越看着一片红通通的尾灯，逛街散步的人纷纷走过，情侣的甜言蜜语，孩子的欢笑，还有朋友间的打闹，都被夜晚的风裹挟着绕过他身边。沈越感觉到一种可怕的孤独，好像陡然间熟悉的一切都被翻转过来，成了一张张陌生的脸。

沈越慢慢地回到房间里，坐到灯下。

他依然铺开那三样东西，来来回回地看着，脑子里回响着唐娜的那些话——庄菱的确是想说什么，她为什么笃定自己就一定能明白呢？

或者说她这样做，是因为她相信自己能明白。

沈越又看了看白纸上的那行字，似乎有了一些端倪。但是他并没有接着想下去，反而是关了灯，任由自己疲惫地躺在床上，睡了过去。

回到重庆的第三天，原本的计划是去逛逛新建成的几个商圈。但是沈越临时变了主意，他打电话给陈一凡，说想要去看看庄菱的墓。

“你知道在哪里，是吧？”沈越问他，“你是她的律师，如果你都不知道，我真想不出该怎么打听了。”

陈一凡在电话那头笑了笑："你猜得没错，我知道。还好我手头能腾出点时间来，等下我过来接你。"

庄菱没有墓，家人为她在北碚的龙车寺灵塔买了一个灵位，将骨灰存放在那里。陈一凡带着沈越进了门，一个穿着墨蓝色大衣的守卫笑着跟他打招呼："陈律师来了。"

陈一凡也客气地跟他笑笑，指了指沈越："带个老同学来看看。"

两个人上了五楼，在一个格子里找到了庄菱的骨灰盒。那是一个洁白的石雕盒子，刻着祥云和仙鹤的样式，庄菱的照片就镶嵌在盒子的正中央。

沈越仔细地端详着照片上的那个女人——无疑，她很漂亮，但是她绝对不是沈越记忆中的庄菱。这个长大了的庄菱明显地更瘦了，虽然眼睛依然幽黑而深邃，睫毛浓密，但是因为修过眉毛，显得整张脸有种尖锐的神情；她的嘴角微微向上弯曲，看上去似乎想要拉出一个柔和的表情，但是很明显她并没有笑，因为她的脸上没有从前的酒窝；她的头发也不再束成马尾，而是烫成大波浪，披散在肩膀上。

沈越凝视着照片上的人，像看着一个陌生人。这个人就仿佛不曾出现在他的生命中，跟他没有关系。可是他却在很远的地方偶尔想到她，甚至因为她而千里迢迢地回来，来到这个灵塔中，跟她对视。

沈越觉得自己干了一件十分荒谬的事情，他在向一个陌生人询问属于庄菱和自己的答案。

“这个地方不错吧？”陈一凡在旁边低声说，“当时买这个地方的时候她的家人还是听了我的意见：永久灵位，离主城不远，又靠着山，风景好。旁边还有座庙，早晚听着诵经声，也算是超度。”

沈越没说话，想起什么似的在口袋里掏了半天，但发现自己居然什么都没有带来给她。隔了十几年，临到头却没有一个回礼。最后他还是找出了一样东西，那是一个 ZIPPO 打火机，上面有白头鹰的造型。沈越把那个打火机打燃，又啪地关上盖子，然后小心地放在骨灰盒的旁边，又往里面推了推。

他转头朝陈一凡笑笑：“走吧。”

两个人下了灵塔，沈越和陈一凡买了点香烛纸钱，在指定的“庄”姓纪念碑下化去了，然后上车离开。

两个人一路上都没有说话，陈一凡把沈越送回酒店。下车的时候，陈一凡问道：“你什么时候回去？”

沈越对最后那个词儿有些过敏，但是却静静地收下了。

“明天一早。”他告诉陈一凡，“在重庆北站上车，六点半。”

陈一凡点点头：“我来送送你。”

沈越跟他客气：“不用了，彭海到时候把我直接送到车站。”

“那我就在车站外头送送你。”陈一凡很坚持。

沈越对他的热络感到有些意外，但隐隐有些高兴。陈一凡跟他告了别，倒车的时候探出头，忽然对沈越说："其实……庄菱应该很高兴你去看她。她对你说的话，你想明白了吗？"

沈越愣了一下，不知道该怎么回答，而陈一凡似乎也不打算等他回答，径直发动车子离开了。

沈越目送陈一凡离开，呆呆地在酒店门口站了一会儿才回到了房间里。

他想着陈一凡的最后一句话，忽然有什么东西被触动了。他再一次将那两张纸认认真真地看了一遍。然后拿起那张写满字的纸折叠起来，他的手指灵活地在纸面上翻动，不一会儿就完成了一个四四方方的东西。他又掏出笔来，在饭店的便签纸上默写了几个数字，对着那个东西翻看了几下。

在做完这一系列动作以后，他好像被抽走了吊绳的提线木偶，愣愣地坐在椅子上。

时间一分一秒地过去，沈越仿佛陷入了一阵恍惚，他似乎全明白了，但又没有想透。他感觉不到饥饿，只是拼命地想要抓住脑子里混乱的线头。

过了很久，手机里孟庭苇的歌声突然想起来，把他重新拉回了现实。

"冬季到台北来看雨……"他喃喃地哼了两声，"庄菱，你这个谜语出得可真好。”

沈越按下通话键，彭海的大嗓门立刻在对面嚷起来：“轮胎，得空了吗？今天打算去哪里啊？我老婆非逼着我看店，我得等会儿才能出来。”

沈越笑起来：“没事，我不着急。”

“想好去哪儿玩了吗？”

沈越笑起来：“今天晚上去朝天门吧。”

似乎来重庆的人都要去解放碑和朝天门看看。在那里，嘉陵江和长江交汇在一起，浩浩荡荡地向着东边奔腾而去。过去的老码头早不见了，现在朝天门码头修得很漂亮，整体造型像一个船头，而“甲板”就是一大片开阔的广场。很多人在这里放风筝、跳“坝坝舞”，或者散步、拍照。

当然，更多的外地人喜欢趴在栏杆上，望着不远处青色和黄褐色的两条江冲撞在一起，划出一条分明的界限。

现在沈越也趴在这里，跟所有的外地人一样看着重庆特有的景色。

彭海要交代店里的事，所以下午才能赶来。沈越自己在七星岗找了家不起眼的馆子，点了碗小面。他嘱咐老板多多地放辣椒，吃得他大汗淋漓，这才坐着公交，自己跑到了朝天门。

这个时节的江风很冷，沈越额头上的汗水很快就干了，但他并没有担心会感冒。拿出一支烟，习惯性地掏打火机，才想起自己已经把它留给庄菱了。于是胡乱在烟铺子那里买了个一次性打火机，总算抽上了烟。

他也没有独自待多久，就听见身后有人“呼哧呼哧”地跑过来，接着在他肩膀上拍了一下。

“久等了啊，轮胎。”彭海熊一般的脸热乎地凑过来，“总算讴着老婆帮忙照看一下午。火车是明天一早吧？今天你想怎么玩，我都舍命陪君子了。哎，不过作奸犯科的可别来，咱现在是有家室的人了。”

“那是，怎么着也不能走了以后让你媳妇戳我脊梁骨啊。”沈越笑他，又抬手看了看表，“快四点了，你陪我下去走走，怎么样？”

沈越说的是朝天门码头的层层阶梯，一直走下去，可以走到江边上。

彭海有点意外，他盯着沈越看了一会儿，一抬下巴：“走吧，你也好多年没在江边玩了，今天就是要下水横渡我都陪你。”

沈越笑骂道：“去你的，你这身肥肉下水都能漂起来。”

两个人勾肩搭背地朝着江边走去。

现在是枯水期，停靠在码头的船不多，有些是两江游的餐饮船，装饰得花枝招展；有些是停靠的客轮，体积不算大；剩下的就是泵船了。因为水位低，许多石头露出了江面，任凭江水拍打，兀自矗在原地，而船在水面上浮沉不定，倒显得比蠢笨的石头更没有根基。

彭海指着朝天门的对岸："瞧，那头是江北城，03、04 年的时候全拆迁了，修了科技馆，还有大剧院，喏，就是那个长得跟坦克一样的东西。"那里有一座庞大的绿色建筑，奇形怪状地立在江边，巨大的 LED 屏幕上闪烁着各式广告。

"过江索道呢，也拆了吗？"

"拆了。"彭海叹了口气，"当时反对的人可多了，但还是拆了。如今只剩下南岸那边的一个。说是要重建的，不过现在还没消息。"

沈越在一个台阶上坐下来，正对着江对面的江北城。彭海也靠着他坐下来，瞅着沈越的表情没有开口。

"今天上午我去看庄菱了。"沈越突然对彭海说。

彭海有点意外，含含糊糊地哼哼了两声，不知道该怎么接下去。

但是沈越似乎并不在意他想什么，只是自顾自地讲了和唐娜的谈话，以及去见庄菱的过程。

"其实我真的不知道自己为什么这么执着，都是十几年前的破事了，真的值得我想了又想吗？"沈越自嘲地说，"大海，你说人怎么越老越怀旧呢？好的坏的，都得在心里过上一遍才舒坦。”

彭海小心地问：“你还是……放不下那补录通知的事吗？”

沈越难看地一笑：“那可是我第一个喜欢的女生，我还一直认为她是喜欢我的。现在她死了，留下那些东西，你让我怎么想？走在路上莫名奇妙被人扎一刀，伤好了也留了疤。可本来都不疼了，转个身突然发现原来捅刀子的是你掏心掏肺喜欢的人，你让我怎么想？”

“你真相信那信是庄菱偷的？”

沈越摇摇头：“我不知道。唐娜不相信，但是她说不出肯定的答案。那段时间的事情她记得很清楚，但是她不能证明庄菱真的没有拿。你呢，大海，你还记得吗？”

彭海叹了口气：“我明白唐娜的意思，换我也不能相信。不过那段时间咱们班在画黑板报，经常进出办公室的就只有庄菱他们几个，她的确有钥匙……你别误会，我绝对不是说庄菱偷了信。”

沈越问道：“庄菱他们几个下了晚自习后是不会继续画板报的，对吧？”

“那是，下了晚自习都八点多了，张老师觉得不安全，严禁他们赶工的。”

“庄菱他们经常忘记把东西放回办公室吗？”

彭海望着天想了想："好像是有过的，但是只要老师没发现就没事了。数学老师不就没咆哮吗，所以至少他们把直尺还回了原位。"

沈越没说话，眼神有些飘忽，彭海推了推他的肩膀："你咋突然想起来问这个，都过了这么久了，难不成你还想搞明白是谁拿了信？"

沈越大笑起来，使劲捶了彭海两拳，把那大个子吓了一跳："发什么疯啊，我还说错了？"

沈越止住笑："没错，没错！哪儿还能知道呢？我只是突然想起了另外一件事。"

"什么事？"

"还记得我当年给庄菱送的生日礼物吗？初三上学期，她刚满十五岁的那个生日。"

彭海也笑起来："咋不记得，东西还是我陪你去买的。你给她买了一根破链子，上面还坠了几颗玻璃钻石，特俗气。要不是我建议你临时换成毛毛熊，你可就惨了。"

沈越笑着连连点头："那是，她金属过敏呢！还好她喜欢那头熊，也不算浪费我一个月零花钱。可见人人都有犯错的时候，对吗？"

"你以为你是圣人啊！"彭海不客气地从鼻孔里喷出个单

音，“切——”

“庄菱也不是，”沈越看着彭海，“所以……我应该原谅她，对不对？”

彭海脸上的轻松又渐渐地消失了，他叹了口气：“没错，你就不该怪她。”

两个人坐在朝天门临江的台阶上，看着滚滚江水从面前奔走，再不回头地往东而去，似乎有什么东西也被带走了。他们很久没有说话，沈越的喉咙里忽然痒起来。他伸出手去掏香烟，却发现盒子里已经空了，于是捏扁了盒子。

彭海连忙掏出自己的烟递了一根给他。

沈越像逮着救命稻草一般把香烟塞进嘴里，然后点燃，大口大口地吸起来，那模样就好像个瘾君子。

彭海有些被吓住了，呆呆地看着他没敢动。

沈越吸完了整只烟，将烟嘴一碾，站起来，长长地呼出一口气，看着已经开始渐渐黑下来的天空，以及变成墨蓝色的江水，对彭海笑了笑：“走吧，明天得赶火车，回去早点休息。”

彭海虽然个子大，做事莽呼呼的，但是能感觉到沈越那故作轻松的表情背后有难言的沉重。他开车把沈越送回了饭店，临走前叮嘱沈越，明天一早一定等着他来送车。

沈越点点头，转身上了电梯。回到房间里以后，他急切地翻出电话，找到了郭晨晨的号码，拨过去。

过了好一会儿郭晨晨才接听，她的声音里有些不耐烦，背后传来孩子的哭声。

“是我，”沈越报了自己的名字，郭晨晨愣了一会儿，才放软了调子，客气地问有什么事。

“你看到了那封信，对吗？”沈越轻声问道，“我想只有你才能看到，所以其实你一直都明白真相。”

郭晨晨没有说话，呼吸却变得粗重起来。沈越没有催促她，只是静静地拿着电话等。过了好一阵子，郭晨晨的声音终于恢复了正常。她平静地对沈越说：“你既然已经想通了，我说与不说，其实也没有什么分别了。一路走好，该忘的就忘记吧。”

接着，不等他回答，郭晨晨就挂断了电话。

沈越听着电话里的电子声音，笑了笑：“能忘就好了。”

第二天五点的时候，彭海果然准时来接沈越。

他陪着沈越办理了退房手续，还帮着沈越把行李放到后备厢里，车座上还放了一大包土特产。

“我媳妇儿硬要我买给你的。”彭海笑嘻嘻地说，“可不许不收啊，不然我会被她说怠慢了你这老同学。”

话说到这份儿上，沈越当然是照单全收。他看着塑料袋里一溜的火锅底料、桃片、花椒面，突然感觉自己在离开了重庆十几年以后，终于无法不被当作外地人了。他像一个陌生人一般地回到这里，又像一个陌生人一般地被这座城市送走。

“哎，这么多东西，等下我还是帮你提上去吧。”彭海一边开车一边问，“你买的是软卧吧？”

沈越点点头：“是……等会儿能在大门那里等一下吗？陈一凡说他也要来。”

彭海意外地转头：“陈一凡？他什么时候跟你这么熟了？”

沈越意笑了笑：“他并不是跟我熟。”

彭海看着他的表情，觉得有些高深莫测，但是他并没有多问，很快就把车开到了重庆北站，找到停车位泊下。

重庆北站比起菜园坝的老站是要气派一些，站前的广场虽然要小一点儿，但是修得干净漂亮。天还没亮，但车站通透的玻璃让里面的灯光毫无遮挡地射出来，加上高大明亮的路灯，整个广场被照得很亮堂。

沈越和彭海朝着大门走去，果然在入口不远处看到了陈一凡。他的手插在口袋里，瘦削的影子在几盏灯下散开了，若隐若现的。

“你还真来了。”沈越跟他握握手，“其实真不用了，这么早，你都休息不好的。”

陈一凡也跟沈越客气了几句，接着拿出件东西。沈越接过来一看，是一个新的打火机。沈越看着陈一凡，后者浅浅地笑了笑：“一点儿心意。”

沈越捏着那个打火机，感觉到冰凉的金属壳子渐渐被掌心的温度焐热了，他突然问道：“你喜欢她，对吗？”

彭海吃惊地看着沈越，又看了看陈一凡。

但是陈一凡却没有慌张，他拘谨地笑起来，完全没有大律师的精明。

沈越接着说：“如果你是她的律师，那她的生活你的确比我们都清楚，能知道她的墓地和灵位也不奇怪。可连守灵塔的保安都认识你，连家属证都不要就放你进去了，你其实经常去看她，对吗？”

陈一凡还是摇晃着身子发笑。

“同学会是你组织的，也是你把庄菱去世的消息透露出来的，你其实只是想我回来一趟，对吗？”

陈一凡的笑声停下来，他抬起头来的时候，眼神里有遮盖不住的酸楚。

“我有女朋友了。”他告诉沈越，“喜欢庄菱的是十五岁的陈一凡。现在我只是……只是想要帮帮她，可还是没帮上……你大概算是她最后的愿望。”

“你知道她想要告诉我什么吗？”

“不知道。”陈一凡回答，“那是属于你们俩的秘密，我真不想知道。”

沈越不再说话了。

陈一凡做了个深呼吸，又长长地吁了口气："好了，也不耽搁你时间了，还要安检呢。以后要是愿意，再回来看看吧。"

沈越和彭海跟他道别，提着行李进了大门，安检过后就到了候车大厅里。离检票的时间还有二十分钟，彭海找了个清静的角落把行李放下，说："等会儿我不能送你进去了，你自己注意点啊。"

沈越点点头："我多大的人了啊，别担心。"

两个人沉默了，似乎同时都不知道说什么。

过了好一会儿，彭海才嗫嚅着问道："刚才……你和陈一凡说的是什么？他……他喜欢过庄菱？"

沈越看了彭海一眼："你听到他承认了，那就是了。"

彭海的表情就像听到了天方夜谭，喃喃地说："真没想到，当年怎么没看出来呢。"

沈越双手撑在膝盖上，转头盯着彭海，突然笑起来，那声音虽然压得低，却透着点古怪。

"是啊，很多事儿当年都看不透。我以为我算聪明的，但是其实是个睁眼瞎。大海，你拿了我的补录通知，我不是也没看出来吗？"

彭海的身子一下子僵硬了，原本涨红的面皮陡然间就褪去了血色，变得有些泛白，但是他很快就变得怒气冲冲：“你怎么突然这样说？陈一凡跟你嚼舌头了？”

沈越摇摇头：“告诉我这件事的不是他，是庄菱。”

彭海生气的表情就像燃烧的火苗突然被泼了一盆冷水：“你这是什么意思？她怎么会说这样的事情，什么时候说的？”

沈越从口袋里掏出一个小小的、纸折的四方形，然后轻轻地牵了几下，弄成型，最后变成了一个能扣在指头上的小玩意儿。

“认得这个吗？”

彭海看了看：“东南西北，小时候谁没玩过啊。”

沈越把这个东西取下来，拆开来，还原成一张皱巴巴的纸，上面写满了字：“这就是庄菱留给我的那张纸。原本我也不明白，不知道她给我这些做什么。但是陈一凡提醒了我，他说她是要给我留话。你当时也在场，她在白纸上写的什么还记得吗？”

彭海动了动嘴唇，没有说出来。

沈越从衣服口袋里掏出另外那张纸，展开，轻声读道：“‘我这辈子最快乐的日子，是和你听着孟庭苇的歌，在座位上玩东南西北。’，其实她已经告诉我她最后的遗言。东南西北是我们那时候都玩得起劲的折纸游戏，把正方形的纸叠成豆腐块，然后翻过来，套在指头上一张一合，喏，就像这样。”

沈越又开始摆弄那个折好的东南西北。

“这上面的字我以为她是胡乱写的，因为她有想到什么就随手乱画的习惯，但是折好了这个以后，你看到了么？字还是很多，很乱，可东南西北几个字都在，我是在这纸上找到了这四个字，又联想到她写在白纸上的话，才突然明白过来的。当然，我也是折了好几遍才把这四个字折对了地方，确定了不会弄错她想说的话。”

沈越又指着最后那句给彭海看：“瞧，她提到了孟庭苇的歌，你知道是什么吗？”

彭海的额头有些汗珠，不知道是刚才剧烈运动后冒出来的，还是因为这大厅里提前开了暖气。

沈越没注意这个，自顾自地接着说，“以前她就喜欢追明星，抄抄歌词什么的，我喜欢刘德华、张学友，她喜欢张国荣和郭富城，我们俩在这方面几乎是没什么交集，但有一个歌星我们俩都喜欢，就是孟庭苇。在她的歌里，我们同时喜欢的又只有一首《冬季到台北来看雨》。还记得调子吗？”

他掏出手机，调出现在正用的铃声，在嘈杂的候车大厅里，女歌手的声音恍若游丝一般断断续续。但沈越轻轻地跟着哼唱，直到第一段儿结束。

彭海口气古怪地问道：“你什么意思？”

“应该说庄菱是什么意思。”沈越笑起来，“她真是鬼精灵，把要说的话都藏在歌里了。开头第一句“冬季到台北来看雨”的简谱是32175637，这也是这首歌最核心的一句歌词。冬季的‘冬’和东方的‘东’是一个读音，所以应该从东开始，上北下南，一只手的五只手指全插进去，这样，手先横着发力，横开，再竖着发力，纵开。现在我们来看一看，把这个简谱的数字变成东南西北的开合次数会怎么样。”

他一边把折纸玩具张开、合拢，一边一字一顿地念着：“对、不、起、我、丢、了、直、尺。”

彭海的身体抖了一下，脸色更白了。

沈越又重复了一遍：“‘对不起，我丢了直尺’……这就是庄菱要跟我说的话。看，横竖横开三下，东上第一个字是‘对’；接着再竖横开两下，东上的第一个字是‘不’，就这样一直开合，你看，她故意写成同样的字体，很容易就发现了。这方法很妙对不对？庄菱一直都很聪明。”

彭海看着那个小小的折纸玩具，表情从震惊变成了苦笑：“是啊，她一直都很聪明。但是你真想明白了吗，她说这话和我又有什么关系？”

沈越笑了笑：“如果她只给我留下了这张纸和那一句话，也许我也摸不着头脑，但还有那个信封。那天我和唐娜聊过，她一直不相信庄菱偷了信，她觉得是能进办公室的其他人偷的。因为最后名额给了她，再加上那个时候庄菱有办公室的钥匙，又恰好在画黑板报，可以在放学后和老师来之前自己进去，所以她说什么别人都不会相信。但她一般是晚上走之前将用过的工具放回去，而非早上。假设她某个晚上忘记把工具放回去会怎样？她一定会很早赶到学校去，趁着老师还没来，别的同学没拿走教具前，把那些东西放回办公室。所以她说的‘弄丢了直尺’，其实就是说，周四那天晚上她忘记把直尺还回数学老师那里了，‘丢’这个词意味着，她没有找到直尺。但是你昨晚告诉我，在画黑板报期间，数学老师并没有因为教具被弄丢而生气，所以庄菱以为丢了的直尺，其实是被更早来到学校的人捡到了，并且送回了办公室。”

沈越顿了顿：“大海，我记得作为生活委员的你总是第一个来学校，给班上开门，所以你一来就看到了庄菱遗忘在教室里的数学教具。你有老师办公室的钥匙，就拿着直尺去了办公室，想帮她还给老师……你开了门，顺便就看到了地上的报纸和信件，对吗？”

彭海的表情已经产生了裂纹，就好像被突然抽走了一层皮，裸露出皮肤下的肌肉。

“你说得真是玄乎。”他干巴巴地说，“谁又能为你证明？庄菱吗？”

沈越也不生气：“庄菱留给我的那个信封里面没有补录通知，要真是她拿的，为什么不原原本本地还来？她其实是想告诉我，她做错了一部分，却不是全部。她要为自己部分的错误而道歉。她弄丢了直尺，留下信封，潜台词就是说由此而引起了补录通知被拿走，拿的人一定将这个通知告诉了她，但是她没有说出去，而选择了隐瞒。其实是你自己泄漏了底细，还记得昨天咱们在朝天门谈话时你怎么说的吗？”

彭海没吱声。

“我问你庄菱他们是不是经常忘记把出板报的工具还回去，而你回答的是数学老师没有生过气，因为直尺都还原了。我并没有说是什么工具，可你清楚地对我说是直尺。这事只有庄菱在她的谜语中提到过。”沈越顿了一顿，“昨天谈了以后，我担心是自己想错了，于是又打电话给郭晨晨。她曾经是你的同桌，还记得吗？你这个马大哈，经常在上课前丢三落四，预备铃打了好一会儿才进教室，她经常翻你的书桌帮你把课本摆好。我问她的只有一句话，有没有看到那封信……我想你也猜得到她的回答了。”

彭海高大的身体慢慢地蜷缩起来，用手抱住了头。

沈越深深地吸了一口气：“有时候我也宁愿不知道这一切，大海，其实我是真傻，现在回头来想想，有很多事都不是我以为的那样。唐娜说从前暗恋庄菱的同学很多，那是当然的了——她漂亮、活泼，成绩好，人也好，天生就是个发光体。我从来没有注意过陈一凡，直到今天才明白他有多喜欢她。人啊，都会藏着自己的心思，即使有时候藏不住，也可能被旁观者忽略过去了。”

彭海的肩膀轻轻地抽动，拼命压抑着喉咙里的呜咽。

沈越用力地抱住他的肩膀：“大海，对不起，大海……我是多迟钝啊，连我都没有发现庄菱金属过敏，你却知道。你一直在关注她对吗？帮她捡好遗落的教具，还拿走了我的补录通知……”

彭海的抽泣变得更加重，开口时带着浓重的鼻音：“那个时候，我真是……鬼迷心窍。我不知道怎么的，就觉得按排名算，如果没有你，庄菱就能上 81 中……我以为，你的成绩好，即便不保送，也能考得上。”

沈越笑了笑：“一辈子里哪里能事事料得到？那时我也不会相信自己会考出那么糟糕的成绩。”

彭海紧紧地捏住沈越的手：“对不起，轮胎……对不起……不管你相不相信，我并没有想过用那封补录通知去追庄菱，我拿了那封信以后……犹豫了很久，周五放学的路上，我把信私下给了她……”

“但是她选择了隐瞒，是吗？”沈越轻轻地对彭海说，“其实真的不奇怪，保送 81 中这件事，对于当年的我们来说，是非常巨大的诱惑。她只是在你错误的基础上，做出了一个有利于自己的决定。”

“她付出的代价很大。”彭海用手抹了抹脸，抬头看着沈越，“这事儿真是她一辈子的转折点。我拿走了信，确实帮她上了 81 中，但是她失去了你。而且，我知道她一直都很后悔、很内疚。我后来见了她几次，她都过得不开心，现在走到这一步，也不过是日积月累罢了。”

彭海的意思沈越很明白，庄菱因为那件事而产生了抑郁的情绪，这么多年她没有放下，更多的坎坷她也没有迈过去。她给自己留下的那份坦白和道歉，大概就是她的心结。

彭海用袖口擦干眼泪，他的双眼红肿，看起来就像是被人揍了一顿似的。

“轮胎，对不起……”他哑着嗓子对沈越说，“其实我早该跟你说对不起，尽管这根本没用，但这是我欠你的……我对不起你，也对不起庄菱……我是怕说出来以后，咱们俩真变成仇人了。可现在庄菱去了，我也早该给自己一个痛快的！”

沈越低头把那个东南西北拆开，又还原成一张皱巴巴的纸，他小心地把纸叠起来，放好，然后对彭海说：“迟来了十几年的道歉总比永远都不来的好。这些年那么多老同学里就你还没忘了我，现在我明白你心里其实一直记挂着这件事。别的不用说了……我在大学里因为奖学金的竞争被人诬陷过考试作弊；第一份工作因为给上司背黑锅被辞退；后来到了新单位，提拔部门经理的时候又被人下了套，到处求爷爷告奶奶地装孙子才保住了职位，但还是延迟了两年晋升；在南宁好不容易买了房子，但为了还月供，再不开心也不敢轻易辞职……大海，咱们活在世上，第一个跟头摔下去，哪怕只是蹭破点皮，也能疼得哇哇大哭，可谁能想到后面保不住有断腿断脚的伤。人长大了再回头看第一个伤口，谁还会把它当回事儿呢？那些伸腿绊倒我的人，又有几个像你和庄蓁这样，还能再跟我说声对不起？”

彭海的眼睛里又流出了泪水，他赶紧用手背抹掉：“我知道你说得轻松，小树苗上砍一刀，长成大树了那疤都能结成个瘤子……越是年岁小的时候，那锥子戳心口才更疼……我知道我他妈的就不是个东西……”

“哎，哎，省点儿啊，”沈越拽了拽彭海的胳膊，“我说时间的力量大吧，有些事儿呢，它不声不响地就给吞了，永远找不到真相；有些事儿，它总还是要抖搂出来，盖都盖不住。可它最能耐的，就是让人能记住一些好事，忘记一些伤痛……时间越久，我越念着的都是你们的好。”

彭海的眼泪又流出来了，他抓住沈越的双手，用力地握着。

候车室的广播开始播报，沈越的车次开始检票了，沈越提着行李起身，按了按彭海的肩膀：“我走了，你赶紧回去吧，老婆醒了的话，给她做顿早饭。哦，记得帮我谢谢她，那些特产够我吃好一阵子了。”

人群慢慢地开始朝着检票口的方向排起长队，沈越提着行李汇进了人流中。

彭海立在原地，忽然叫了一声：“轮胎，你还回来吗？”

他的大嗓门吸引了不少人的注意，何况这老爷们脸上掩饰不住的哭过的痕迹怎么看都很诡异。但是彭海已经顾不上旁人怎么想了，只是盯着前面的老同学。

沈越转头冲他挥挥手：“会回来的，我还要回来看她。放心，我到家了就给你打电话。”

彭海的心似乎略微放回了原位，他目送着沈越被夹在人流中，缓缓地消失在了检票口。陡然间他想起沈越几天前来的时候，也是在人流之中，他的脸迎向自己，是那么显眼，而当他转过身去，背影就湮没在无数个背影之中。

彭海又抹了把脸，感觉到腿脚有些沉重，迈不开步子，甚至全身都有些酸痛，虽然心底是补上了一个洞，但脊背却仿佛压弯了一些。他慢慢地走出候车大厅，回到自己的车上，摸出一支香烟抽起来。

火车慢慢地开动，驶离车站。

现在是六点半，天还很黑，重庆还没有从夜晚中醒来。

沈越把头撑在窗边，看着山城的轮廓。

夜晚的灯光工程已经熄灭了，在离开市区的这条路线上，能看见的是繁华的残影。起伏的黑色线条中，有许多星星点点，那是建筑物和道路上的各种照明灯光。当招揽眼球的霓虹和各种光怪陆离的装饰灯都熄灭以后，这些光的美丽便在黑暗之中显露出来。

被环抱在黑色之中的灯光微小而零散，却在冷冷的空气中发出一点点热气来——虽微弱，却莫名让人觉得温暖，这似乎比看到著名的夜景还要让沈越难以平静。

他的胸口涌起一股说不出来的滋味，这与刚回到重庆的时候完全不同。

他之前回来的时候，见到的是这座熟悉的城市变得陌生。他觉得自己像一个彻彻底底的外乡人一样在其中寄居，探访着一些已经淡化的痕迹。

然而在此刻离开之时，他却相信，自己仍然是爱着这里的——即便没有了他曾经熟悉的一些东西，比如那些索道，那些缆车，那些老旧而重叠的房子……可他依然眷恋这里。大概是因为他留下的东西是带不走的，比如记忆中的火锅味道，比如生活在这里的彭海、陈一凡、郭晨晨和唐娜，比如长眠在这里的庄菱，还有无法带走的那些年少的岁月。

火车渐渐地开始加速，天也渐渐地开始亮起来，重庆的每一个线条都将在太阳之下被清楚呈现，最后的灯光也将熄灭，那是这个城市真正的面目。

当火车完全开出了市区，驶入一条接一条的黑暗隧道时，沈越把脸埋进了臂弯，轻轻哼唱起那首老歌……